夜不語

詭秘檔案

夜不語

詭秘檔案

夜不語

詭秘檔案

夜不語
詭秘檔案

夜不語
詭秘檔案108
Dark Fantasy File
茶聖
上
夜不語 著 Kanariya

CONTENTS

「茶聖陸羽，一個寫出《茶經》，一輩子圍繞著茶文化而活的人物。他或許稱不上偉人，但他寫出的那本書確確實實影響了千年。有人說每個成功男人背後都有一個或者幾個女人。

陸羽，他有嗎？

我不知道。但是，我卻在陸羽死後千年，因為他的緣故，遇到了一件匪夷所思的事情。

楔子之一

「我來數一二三，然後一起跳下去。一，二，三……」

午夜過了，早已是凌晨時分。

樓頂上風很大，大得人跳起來，都會有落地軌跡偏離的可能。有兩個人影站在樓頂的邊緣，不知道已經站了多久。

左邊的男人喋喋不休地說了許久的話，喝了口酒，然後繼續喋喋不休。

右邊的人始終沒有說過一句，只是默默地站著。

他直立的身體在強風中一動不動，姿勢也顯得很怪異，看起來非常僵直，就像整個脊椎被筆直的鐵板緊緊地捆住了似的，直得不像話。

左邊的男人又喝了口啤酒，再次打量起旁邊的啞巴。

今天他原本因為失戀，才到樓頂來吹吹風，到的時候，偌大的樓頂空蕩蕩的，一個人也沒有。但是這個男人，就像憑空出現一般，在自己喝到第三瓶啤酒的時候，突然就站在了自己身邊。

真的很佩服他，兩個多小時了，在自己嘮叨的言語攻勢下，居然還絲毫沒有不耐煩的表情。

而且，這麼長的時間，他、他的姿勢似乎絲毫都沒有變過，甚至可以說，這男人，根本就沒有動過。

這一切都令我感到很好奇，這傢伙，是軍人嗎？到這裡執行任務還是保護政要？但沒聽說過，這個城市有什麼大人物要來，而且，如果是要保護政要，執行任務，或者殺人放火什麼的，第一個應該排除的就是自己才對。

還有，最奇怪的，是他的打扮。

他身上的衣服樣式很奇怪，就像電視劇裡的古裝，實在是太怪異了，難道，今年又流行復古了嗎？

那男人用力地搖搖頭，將腦中的疑惑全都甩掉，有時候猜測太多，並不是件好事。

他用手扶著邊緣的欄杆往樓下望去，二十三層，大概五十八公尺左右，讓街道上昏暗的街燈，變得模糊一片。

似乎起霧了，而且還很濃。橘紅的光芒，令人煩躁地刺進霧氣裡，遠處霓虹燈五彩繽紛的顏色，也攙雜了進去，看得人大腦都暈眩起來。

莫名其妙的，他突然感覺生無可戀，心裡生出了一種想要跳下去的衝動。

只要一步，很小很小的一步，這個世界所有的煩惱，都會離自己而去，還有那個和別人跑掉的蠢女人。自己真的很傻，什麼都給她了，最後換來的卻只有「分手」兩個字。

跳下去，只需要一小步，什麼都不用在乎了。

「我靠！」他用力地將手中的啤酒罐扔了出去，然後衝動地對右邊那個男人大聲喊道：「我來數一二三，然後一起跳下去。一，二，三！」

聲音剛落下，一個身影立刻從樓頂掉落下去，跌進彌漫的霧氣裡。

似乎過了一個世紀，下邊才傳來了一聲悶悶的響聲。

左邊的男人瞪大了眼睛，滿臉驚駭地望著樓下，然後惶恐地大叫一聲，一邊掏出手機撥打求救電話，一邊飛快地往樓下跑。

樓外街道上，那男人姿勢怪異地躺在地上。全身的骨頭，大概都因為自由落體所造成的傷害，粉碎了。

左邊的男人臉部肌肉不斷地抽搐，他全身都在顫抖，呆站了許久，才用乾澀沙啞的聲音喃喃道：「不是吧，你真的跳了？我只是開個玩笑，我、我還想要繼續悲哀地活下去。

「抱歉，我沒想到你真的會跳下去。我、我會為你禱告的！」

男人望了望四周，還好，周圍沒有人，沒有人看到自己的樣子。

雖然那傢伙是自殺，但是進了警局，還是會有很多麻煩。他不是個喜歡麻煩的人，何況對於現在的他而言，原本就是個多事之秋，能夠少一事，就儘量少一事。

突然有點後悔，自己剛剛為什麼要打求救電話，唉，自己大概要換一個門號了。

不過也好，順便讓自己的人生重新開始。

想著想著，他的視線又停留在那個死掉的男人身上。

總之，他已經死翹翹了，身上的東西這輩子也用不了了，還不如讓活著的人活得更好些。

男人嘴角咧出一絲詭笑，伸出手，在那男人的身上摸索起來。

不一會兒，他的笑容更濃烈了，手上掏出了幾錠黃澄澄的東西，大概有幾斤重。

他用牙齒咬了一下，是金子，這下子發財了！

站起身又小心地往四周看了看，還好這本來就是偏僻的地方，又是凌晨，沒人很正常。

看來，老天也看自己最近太倒楣了，想要幫自己一把。他飛快地將那幾錠金子放進褲子口袋裡，然後裝出若無其事的樣子，準備離開。

就在他邁開腳步的一剎那，突然有個想法衝入了大腦。自己，好像把什麼東西忽略了。

好像那個人身上，有個十分不正常的地方……

他全身僵硬地呆站在原地。是血！那男人從二十三層樓高的地方摔下來，屍體上居然沒有流半滴血！這，怎麼可能！

身後，似乎有「嗦嗦」的聲音，很細微，但是傳入他耳朵時，卻被無限放大。

恐懼猶如洪水一般地淹沒了他的意識，身體再也沒有辦法動彈。

只覺得有一雙手僵直、生硬地抓住了自己，然後脖子上微微地一痛，一絲冰冷的感覺，頓時傳遍了全身。

那絲冰冷，成了他最後的意識……

楔子之二

詩云：小盞吹醅嘗冷酒，深爐敲火炙新茶。詩又云：酒壺早是容情了。容情了。肯來清坐，吃茶須好。裙腰草。年年青翠，幾曾枯槁。漁歌一曲隨顛倒。

美人、江山、榮華與富貴，這些我統統都不愛。我愛的只有茶！

我曾被皇上請入宮中，與他講了三日三夜的茶經，也曾為茶放棄了高官厚祿，故此聲名大噪，所以世人為我取了一個名字叫做「茶聖」。

為茶，我從沒有後悔過。

詩僧皎然曾經打趣的問我：「如果有一天，當你身故後走上奈何橋，孟婆問你今生有沒有什麼遺憾的地方？你會怎麼回答？」

我久久不能言語。

或許，那時我也只能用雙手撐住身體，望向腳下雲煙霧繞的三途川吧。

但是我又真的可以放下嗎？放下她？

我叫陸羽，是個棄兒，自幼當然無父母養育了。於是六歲的我，便習慣了在竟陵郡這個無聊的小地方，過著有上頓沒下頓的日子。

直到那日，我照例在街上小偷小摸外加乞討時，積公大師發現了我。

在我的記憶裡，那天的竟陵郡難得的熱鬧。

我把目標鎖定在了一個面相很慈善的老和尚身上。

玄宗皇帝好佛是眾所周知的，有哪家廟裡的和尚，不是敲了個肥頭大耳，佛祖不是常說眾生皆平等嗎？像這麼窮的我，撈一些油水，佛祖也應該體諒才對吧。

我想當然的一邊思忖著，一邊快步跟著他，終於找到了個下手的絕佳機會。

我不失時機地施展自己的妙手空空，將手伸進了和尚的懷裡，但是剎那間，我的臉卻變得雪白。

我沒有摸到想像中的脹鼓鼓的錢包，卻碰到了一隻粗壯的大手。

根據我的經驗，免不了又要受一頓毒打了，於是很老練的說：「要動手就快點，我很忙的。對了，記住不要打臉，等一下還要去跟我的兄弟吃宵夜！」

老和尚愣了一愣，哈哈大笑起來，接著他從懷裡掏出了三個饅頭遞給我：「銀子我沒有。不過這三個饅頭倒是老僧剛化來的。吃吧，別餓著了。」

我接過饅頭，卻感到嗓子裡有些東西堵著，堵得我喉嚨癢癢的。於是我委屈地撲入了老和尚的懷裡，嚎啕大哭起來。

他便是積公大師了。

第二天，我跟著他去了龍蓋寺。以後我才知道積公大師是當代的名僧，唐代宗時曾召他入宮，給予特殊的禮遇。

積公是個飽學之士，他深明佛理，但最精通的卻是茶。

現在想來，或許我便是受了他的薰陶，才會有以後數十載如一日的編寫出《茶經》吧……

積公常常對我講，茶有三德。

一是坐禪通夜不眠；二是滿腹時能幫助消化，清神氣；三是「不發」，能抑制性慾。

茶葉中各種豐富的營養成分，有提神生津的藥理功能，是僧侶們最理想的平和飲料。所以我才會在《茶經》的上篇寫道：「茶味至寒，最宜精行儉德之人。若熱渴、凝悶、腦疼、目澀、四肢煩、百節不舒，聊四五啜，與醍醐、甘露抗衡也。」

這些字語為後世人津津而樂道，但又有誰知它大多是出自積公之口？

不過對一個孩子來說，晨鐘暮鼓的日子，實在太過於枯燥了。

積公大師雖然常感歎我大有佛性，可以對佛經論集過目不忘，但也看得出我志不在佛，便傳授我藝茶之術和孔孟之道，望我在這些方面有所成就。

轉眼間，在龍蓋寺我不知度過了幾多寒暑。直到又一個人的到來，我的一生徹底改變了。

那日我在龍蓋寺門前捉蚱蜢，一個面色紅潤、身材高大的老僧，走到我面前問道：「阿彌陀佛。積公大師可在？」

的話。

「閣下是誰？」我一直都受儒家教育，所以張口就說出了和身上的僧衣很不協調

果然那個老僧皺了皺眉頭道：「你不是小僧嗎？為什麼口吐世言俗語！」

我見他嚇走了我的蚱蜢，沒有好氣地反問道：「難道我告訴過你，我是小僧嗎？」

老僧突然全身一震，呆呆地看著我，一動也不動了。

我有些害怕地望著他，心想這個人怕是得了失心瘋，是不是應該先通知寺裡的人把他抬進去？

不料，這老僧卻又突然大笑起來，向我鞠躬道：「哈哈，貧僧總算明白了……施主，請告訴積公大師，我從諗輸了。」說完，便頭也不回的大步離去。

以後我才知道，他是與我師父齊名的唐代高僧從諗禪師。

就在從諗禪師轉身準備離去時，突然從我的身後傳來了一個又嚴肅又蒼老的聲音問道：「如何是和尚家風？」

禪師轉過身，毫不猶豫的答道：「飯後三碗茶。」

我師父積公點點頭，行了個禮道：「那就請大師進小寺喝茶。」

從諗禪師愣了一愣，面露喜色道：「那貧僧就叨擾了。」

我不懂龍蓋寺的粗茶有什麼值得從諗禪師那麼高興的，聽我身旁的小沙彌說，禪師曾來龍蓋寺五次，而每次都要求積公喝茶，但積公卻總是不許。

我覺得那個小沙彌一定是在說謊。

師父是個很大方的人，他可以毫不猶豫地把全身的家當送給一個素不相識的人，又怎麼會吝惜那一些不值錢的茶葉呢？

師父把從諗禪師請進大廳裡，寺院中所有人幾乎都到齊了，連平日總是待在廚房裡很難見到的那些小頭陀，也毫不例外的匆匆趕了過來。

所有人都靜靜地坐在大廳外的空地上，屏住呼吸，生怕發出任何響動，而打擾到了什麼。

而師父和從諗禪師對坐著，身前只有一張舊桌，兩盞冒著熱氣的綠茶。

「新近曾到此間麼？」師父先問道。

「曾到。」從諗禪師答曰。

「好。喝茶。」師父笑了笑。過了一會兒，師父又問：「新近曾到此間麼？」

從諗禪師思忖了半晌，搖搖頭說：「不曾到。」

「好。喝茶。」師父笑意更濃了。

站在他們之間的我，忍不住好奇，插嘴道：「好奇怪啊，師父！為什麼曾到也說喝茶，不曾到也說喝茶？究竟是為了什麼而喝茶啊？」

此話一出，師父和從諗禪師猛然轉頭望著我，全身不斷地因激動而顫抖。

「對啊，什麼是喝茶，為什麼要喝茶呢？」從諗禪師喃喃地說道。

而師父那雙渾濁的眼睛，少有的精光大盛，他用顫抖的雙手，緊緊地握住從諗禪師的手道：「我明白了，哈哈，我明白了！吃茶去！吃茶去！」

「吃茶去。」從諗禪師臉上僅有的一絲疑惑，頓時煙消雲散，他大笑道：「對，吃茶去！哈哈，明白了！我也明白了！」

兩雙顫抖的手，緊緊地握在了一起。

積公與從諗，這兩個唐朝有名的高僧，就這樣在彼此的大笑聲中得道仙去……

那時我還小，並不理解有道的高僧，往往通過這些平常的語言，就能達到「悟道」的目的，從而飛仙而去，但當時的那一幕，卻永永遠遠銘刻在了我幼小的心靈裡，對我的一生都有很大的影響。

而自此以後，「吃茶去」三字，便成了禪林的著名法語。

積公仙去的那一晚，我離開了龍蓋寺這個自己生活多年的地方。

那年，我正好十二歲。

□

一陣急促的鈴聲響起，張克驚醒過來。

看來又作古怪的夢了，為什麼最近老是這樣？

摸了摸發痛的腦袋看向鬧鐘，不好！已經八點一刻了，天哪，如果今天再遲到，一定會被那個老不死宰掉！

飛快地翻身起床，一邊刷牙漱口一邊穿上衣褲，然後他以即使是奧林匹克的短跑冠軍也難以比擬的速度，竄上了汽車，向著研究所飛馳而去。

楔子之三

湖州杼山。

一向冷清的陸羽墓、三癸亭、青塘別業……等古跡，最近熱鬧了起來。

一個多月前，來了一隊考古團，待在陸羽墓附近紮起帳棚，大肆挖掘。

這個自從唐貞元二十二年以來，就一直是中外茶人心中的聖地，傳出的喧鬧聲，引來了許多附近居民的好奇。

年過五十的夜軒教授，站在越來越深的挖掘坑前，面無表情地向下望著。

已經三十幾天了，陸羽的棺木還是沒找到，這根本就沒道理。

自己帶來的光譜分析儀……等等設備，明明清楚地指出陸羽墓地下十六公尺處，有一個不大的正方形空間。

而在那個空間的正中央，有個寬二公尺、長三公尺的長方形物體，那應該就是那個傳奇人物的棺材。

可是挖到儀器標識的地方，卻什麼也沒有找到。

不光如此，他不死心的決定再向下多挖了十公尺，可是依然什麼都沒發現。

整個考古團隊都因為這樣停滯的狀況，變得不穩定起來，許多人心生不滿，有人甚至對他有了猜疑。

但是不管怎樣，這個行動都只許成功、不許失敗。贊助商已經開始不耐煩了，什麼都好，至少要讓自己儘快找出些可以證明陸羽存在的東西。

就在他考慮是不是需要繼續挖深的時候，坑下的隊員突然驚呼起來。由於機器操作失誤，土層突然開始塌陷，大塊的泥土蜂聚地往下邊滾落。

「該死！」夜軒大叫一聲，急忙向下跑去，邊跑邊焦急地吼道：「劉峰，你這傢伙到底在搞什麼？把人全都給我帶到安全的地方去！」

無線電的另外一頭，並沒有自己想像中的慌亂驚叫，只有一陣陣粗重的呼吸。

夜軒又大聲罵了幾句，耳機裡才傳出了劉峰乾澀、激動、顫抖的回答，「教授，你最好下來看看。」

「發生了什麼事？」夜軒似乎預感到了什麼，他飛快地跑上起降機，心臟不停地「怦怦」狂跳。

劉峰似乎所有的注意力都被吸引住了，耳機裡傳出的只有呼吸，沉重急促的呼吸。

夜軒教授緩緩地靠近坑底，夕陽的餘暉，黯淡地照亮著這個偌大的地方。

他隱約看到所有的隊員都混亂地呆站在原地，視線無一例外地望著南方。

他順著他們的眼神望去，只看了一眼，頓時全身的血液都沸騰了起來。

他緊緊地抓住欄杆的扶手，大腦一陣暈眩。

坑底視線的盡頭，一個不大的空間露了出來。仔細看，甚至能看到靜靜擺放在正中央的黑褐色棺木。

夜軒教授閉上眼睛，強忍著不讓眼淚流下來。

陸羽，我終於抓住你了……

楔子之四

當夕陽的最後一絲慘紅，淡淡地染在格陵蘭那一望無際的冰原時，楊俊飛正舒適地坐在雪人酒吧寬大溫暖的毛氈椅上，打著橋牌。

這個酒吧處在離號稱最北極的城市——採金者市，約六十公里的地方，而距加拿大最北方的小鎮伐特霍布，也有二百多公里。

雖然說它是丹屬地，但是因為這裡實在太過貧瘠荒涼了，再加上前一陣子採金者市周邊的金礦已經所剩無幾，移民也開始大量的流散了。

當然，相對的，這裡的人氣亦日漸清淡起來。

雪人酒吧是在採金熱潮時開業的，平時還兼營食宿業務，而女主人則是個微胖的丹麥人。

楊俊飛三天前來時，就喜歡上了這裡安逸恬靜的氣氛。

自己可以獨個兒一邊手拿著高腳杯喝著杜松子酒，一邊望著厚厚的玻璃窗外晶瑩的純潔大地，沒有人再在自己的耳旁指手畫腳，要求自己調查這個、監視那個。

嘿，也可以抽空伸個懶腰了！

「達克，你的牌！」他用手磕了磕楠木桌子，提醒身旁那個正用眼睛死死盯著玻璃窗上厚厚冰層的西方人。

「天！」那個叫達克的西方人，誇張的用手捂著頭叫道：「零下三十度！今天又回不了家了。」

楊俊飛笑了笑道：「也不錯嘛，你就勉為其難地陪我喝個通宵好了。」

達克眼睛一亮，卻滿臉為難的樣子，苦惱地說：「我妻子一向不喜歡我喝酒，而且我還參加了戒酒聯誼會！」

「沒關係，尊夫人現在應該還留在家裡平安地準備晚餐吧。況且大雪都把伐特霍布的街道封住了，相信戒酒聯誼會這幾天也會放假。

「嘿，放著這麼大好的機會，不痛快地喝上幾杯的話，太對不起自己了！而且你不說我不說，又會有誰知道呢？」

聽著楊俊飛的詭辯，這個達克竟然像撿到寶一般邊忠厚地笑，邊不住的點頭，最後終於忍不住說出了真心話。

「可是，我還患有胃病！」

「嗯、嘿，胃病算什麼……」眼看就要找到酒伴了，楊俊飛當然不會讓到嘴的肥肉溜掉，「我跟你說啊，胃病這種東西……」

他賣力地繼續洗腦身旁的西方人。他的眼睛依舊犀利有韻，一副恨鐵不成鋼的可恨神情，可是卻絲毫沒有教唆某位患有胃病的老實人喝酒的慚愧。

酒，是他的最愛，但總是一個人喝時，的確會讓人寂寞的。於是碰巧在他感到寂寞的時候，遇到他的倒楣鬼就產生了。

就在他手腳並用、大張旗鼓、口若懸河的從法國大革命，再次講到酒對胃的好處時，達克明顯動搖了。

現在的他，幾乎完全相信了酒這種東西——特別是珍藏了一百年以上的烈性科尼藩酒，是治療胃病的唯一良藥。

也就在他正猶豫著是不是先來一杯潘趣雞尾酒的時候，酒吧的門突然打開了。

楊俊飛不悅地轉過頭，看了一眼那個發出很大的噪音、打斷自己偉大演講的人。

沒想到的是，那個剛進門的人，也正打量著自己。

來人也是個東方人，是女人。

雖然穿著厚厚的羽絨外套顯得有些臃腫，不過還是遮蓋不住高瘦的身材。

取下帽子，瀑布般的烏黑頭髮，頓時灑了下來。

由於開門時那聲突然的巨響，酒吧裡所有人的視線不由都聚在了她身上，當她拉下頭巾露出自己的臉時，整個喧鬧的房間頓時安靜了下來。

驚豔！這是所有人的第一個感覺。

這個東方女人大約只有二十多歲，卻帶著讓人窒息的美。

也許是看慣了男人們臉上的驚訝，她微微地衝所有人笑了笑，逕自走到楊俊飛對面的椅子上，和他面對面坐了下來，一邊用黑白分明的美目注視著他，一邊在嘴角露出淡淡的笑意。

「我認識妳嗎？美麗的小姐。」

雖然楊俊飛有一絲不好的預感，但還是禮貌地用商業語氣問道。

誰知道這句話，竟然惹得這位美女眼圈紅起來，她以一種不可思議和悲痛欲絕相糅合的語氣叫起來：「天哪！你！你竟然忘記了我！」

「難道……我們在某個地方見過？」楊俊飛很鎮定地撓撓腦袋，然後又很有把握的說道：「不可能，像妳這樣的大美人，我怎麼可能見了還會忘掉……」

這個美人用雙眼吃驚地盯著他，許久，突然用手捂著臉哭起來，像是受到了莫大的打擊。

她一邊抽泣著，一邊說：「你忘了嗎？我，我是你的未婚妻紫雪啊！」

「什麼？」這種戲劇化的發展，讓所有人都跌破了眼鏡。

楊俊飛愣了愣，喃喃道：「我什麼時候多了一個未婚妻！我、我怎麼不知道？」

這個自稱是他的未婚妻的紫雪，哭得更厲害了，那種楚楚可憐的樣子，說有多動人就有多動人，惹得幾個喝了些烈酒的克朗代克年輕人熱血沸騰、義憤填膺地走過來，想輕微地體罰一下這位糊塗的未婚夫。

本來還想繼續裝糊塗下去的楊俊飛，自愧不如地看著這位演技派的美女，明白再這樣下去，自己寶貴的假期又會泡湯，只好心不甘情不願地將她拉到了房裡。

□

「楊俊飛。男，三十一歲左右。十八歲因為某種原因偷渡到美國。二十歲時，進入美國麻薩諸塞州的麻省理工學院物理系就讀，原因不明，但成績優良，連續兩年得到最高獎學金。

「可是這樣優秀的他，卻在大三時因為某件事突然申請退學。嘻嘻，這件事至今仍在麻省理工學院裡流傳，被引以為學院的十大不可思議之一！」

紫雪大感有趣地看著楊俊飛陰晴不定的臉，一邊扳著手指，一邊如數家珍的說著某人的歷史。

正想盤問她來歷的楊俊飛，被她一陣搶白下，不怒反笑地坐到床沿上問：「妳還知道什麼？」

紫雪用手撐住頭，可愛地衝他吐了吐舌頭，「二十三歲時，這個男人在加拿大開了一家名叫『俊飛偵探事務所』的偵探社。

「雖然這家偵探社的名字有些類似酒吧，但是它的社長卻不是像嬉皮那樣含糊的人。他成功地解決了許多難解事件，贏得了『偵探殺手』的美名，當然也讓自己的錢包狠狠地鼓了起來！」

「很好！」楊俊飛拍起手來，他喝了一口這個酒吧裡出名的潘趣酒，面帶微笑地問：「然後呢？接下來的劇情，應該是講述那個突然出現在這個男人身前、打亂他休假大計的妙齡女郎身上吧。」

雖然在笑，但是他的眼神中透著一絲刺骨的寒氣。

「嗯，劇本的設定的確是這樣！」紫雪認真地點點頭，嘴角卻掛上了一點點的狡黠。

「這個妙齡少女叫紫雪，是某位偏愛茶道的教授的學生兼助手，幾天前，正當這個少女二十二歲生日的那個晚上，教授得到了一個消息。」

她用眼睛注視著對面這個英俊的男人，看到他依舊漠不關心地喝著酒，輕輕地笑了一聲，絲毫不氣餒的，繼續用自己富有誘惑力的甜美聲音講述道：「據說中國湖州有個考古專案。又據說那個考古項目有了些小小的進展。教授很想知道具體的情況。

「然後在偶然中，女孩的好朋友提供了一個有用的資訊，說大名鼎鼎的偵探楊俊飛，正在離這裡不遠的某個小酒吧裡喝悶酒，還無聊的準備慫恿某些患有胃病的加拿大笨蛋，喝通宵的科尼藩酒。

「於是可憐的紫雪，就不辭辛勞和危險，開了兩天的雪橇車過來，請求他的援助！這個無聊的大偵探總之無聊著也是無聊，想來應該會答應這個可憐女孩的小小請求吧。」

嘿！這哪裡像是一個無助可憐的女孩的請求了，明顯就是不帶髒字地挖苦自己嘛！楊俊飛依舊把微笑保持在臉上，毫不在乎地說道：「真是個好故事。不過碰巧我也聽說過有關這位大偵探的某些事情。

「據說，他每年只有少得可憐的七天假期，可也許是他有些小名氣吧！就算是只有這七天，也很難安穩放鬆地度過。

「每次休假，都會有些討厭的人找上門來，衝他指手畫腳地要求他做這做那，於是非常需要休假的偵探學聰明了，一開始放假他就到處躲。

「先是到柏林待了一段時間，然後又跑到了北京。最後希望到西雅圖來趟計畫已久的旅遊時，竟然在途經某個石油大國的領空時，被兩架殲敵機逼下了飛機。

「而進入宮殿後，那王八蛋酋長，竟然趾高氣揚地命令大偵探，幫他找到自己第N個情婦偶然丟失掉的耳環！

「嘿，當時他幾乎忍不住想痛罵，哦，不！應該是問候那個可惡的酋長家族中某位女性的衝動！」

看到紫雪癡癡地捂嘴大笑著的樣子，楊俊飛晃動了高腳杯，繼續講道：「更有甚者的是兩年前的休假！

「當時他坐上東京到名古屋的新幹線列車，準備去品嘗一下老牌壽司和魚蛋。可惜這個並不奢侈的旅行，也變成了自己的奢望。

「某個國家的警部很乾脆地將一整具屍體，塞進了他所乘坐的商務艙裡。

「哼，於是今年的他，只好躲到這個冰天雪地的格陵蘭來。

「本以為應該沒有人可以找到自己了，可誰知一個可恨的小妮子還是找到了他！竟然還裝成這個大偵探的未婚妻。嘿，這個小妮子的朋友還真神通廣大，竟然可以知道他到了這麼偏僻的地方！」

面對楊俊飛措辭有些刻薄的話，紫雪呵呵笑著，不動聲色地道：「我那個朋友啊，碰巧是個蹩腳的駭客，而且很不湊巧的是他有一個怪癖，便是愛亂進某些喜歡自稱自己是大偵探的傢伙的私人電腦。」

楊俊飛略為吃驚地看著她，高智商的腦袋飛快地轉動起來。

自己私人電腦對外來侵略的保護，雖然說不上是國家級的，但是膽敢闖進去而又不怕自己報復的，全世界恐怕也只有屈指可數的寥寥數人！

微一思索，已經有兩個人的名字閃過腦海。但是，那傢伙應該不會這麼無聊吧，那就只剩下……

「哼！原來妳認識血舞那個傢伙！」

楊俊飛有趣地看著紫雪驚訝的臉，心情舒暢地躺在椅子上，又喝了一口酒。

嘿！自從剛才遇到這個小妮子，自己就一直在言辭上落下風，現在總算扳回一局了。

趁熱打鐵，還沒有欣賞夠她晴轉陰的表情的他，接著說道：「下次妳再見到他的時候，請順便幫我告訴那個臭小子，他兩年前藉著瑞士銀行的漏洞，購進了一百瓶二百年血腥瑪麗的檔案，我不打算再幫他保存了。」

紫雪臉上全陰的天氣開始雨加雪了。

她猛然站起來道：「楊俊飛，有沒有人告訴過你，你這個人很尖酸很刻薄很討厭很小氣呢？」

「經常有人這麼說，不過我就是這種性格。如果妳不喜歡的話請自便。」楊俊飛不緊不慢地說著，眼中帶著看戲的神色。

紫雪一臉想將他吞下去的表情，突然搶過他手中的酒，狠狠地朝嘴裡灌了一口，咳嗽幾聲後，聲音又異常溫柔地道：「翻底牌，人家不演了哪！我的大偵探，你到底接不接這個委託？」

楊俊飛聳了聳肩膀道：「對不起，我不太感興趣。」

「哼！我才不相信呢。」紫雪搖著頭喃喃道：「你以為我花了這麼多力氣來找你，就絲毫沒有準備嗎？哼！固執的傢伙，幸好，我還有最後一招。」

在楊俊飛不解的眼神中，她走到飲水機旁接了杯熱水喝下去，然後深深地吸了一口氣。

「非禮啊！啊！啊！嗚！」

十秒鐘後，那個尖叫已經被打斷，然後只剩下輕輕的嗚嗚聲。

「呼！受不了！」

楊俊飛目瞪口呆地用手捂住紫雪的嘴，為怕她用力掙扎，順便把她動人柔軟的身體摟在了懷裡。

唉，這個小妮子到底是個什麼樣的傢伙。不過，自己似乎在她身上，看到了一絲熟悉的影子呢。

那，是錯覺吧！

不覺中一絲笑意已然浮現在了嘴角，但只是一瞬間，隨後便被刺骨的冷所代替。

第一章 食物

有人說世界上最難吃的菜肴，不是不會煮菜的人不小心煮出來的，而是會煮菜的人故意煮出來的。

這句話是真的，因為我正坐在一整桌難吃得可以毒死人的飯菜前。

第十三次拿起筷子，我又再次小心地放下，陪笑道：「小露，最近我似乎沒有對妳做出什麼傷天害理的大事吧？幹嘛做這種菜，想要謀害我的性命？」

徐露冷哼了一聲，做出一副你心知肚明的神情說道：「某個人的事你應該很清楚吧？」

「妳所謂的某個人是誰？」我努力讓臉上籠罩起一層迷惑。

她拍了拍桌子，大聲說：「就是那個要死不死的沈科。為什麼最近他老躲著我？」

「妳是他女友吧，妳都不知道，我憑什麼可能知道？」我見她終於打開天窗說亮話了，頓時理直氣壯起來。

徐露又冷哼了一下，用一種女生特有的執著氣質望著我，許久，才詭異地笑了一下。

「我們做個試驗。」

她一邊冷笑，一邊搶過我的手機放到桌上，然後用自己的手機撥了一通電話。

「小露？有什麼事？」沈科略帶慌張的話語，立刻從微型揚聲器的另一邊傳了過來。

徐露平靜的和他閒話家常，然後突然問了一句，「你在哪？」

「那妳在哪？」沉默了一會兒，沈科反問道。

徐露處變不驚地說：「我？人家當然是乖乖地在家裡看書呀。」

「哈哈，那就簡單了。」沈科的語氣頓時輕鬆起來，「我在小夜那裡，那傢伙一天到晚要我陪他打鬥地主，煩死人了。」

「那好，你慢慢玩，記得不要太晚回家。」徐露笑著掛斷電話，然後用陰寒得可以讓血液凍結的眼神瞪著我，柔聲道：「小夜，你還有什麼話好說？」

我冷汗直冒，喉嚨乾啞地說道：「我記起來了，今天確實是有約他打鬥地主，只是他還沒有到罷了。」

她高深莫測地笑了笑：「小夜，你這麼聰明，當然知道垂死掙扎在這樣的情況下，只會起反效果。哼，既然這樣，那我們就等等看。」

大約兩分鐘後，放在桌子上的手機開始震動，以及發出難聽的嗚咽聲，雖然聽過這個鈴聲千百次早就已經習慣了，但就這次怎麼聽，怎麼感覺刺耳。

在徐露能殺死人的視線示意下，我戰戰兢兢地按下了接聽鍵。

沈科緊張的聲音立刻傳了過來：「小夜，剛才小露又打電話來查勤了。我說了現在就在你那裡，記得幫我擋一下，大不了明天我請你喝稀飯。」

靠，那小子惹出一大堆的事情，還害得我處在水深火熱之中，居然吝嗇的只願意請我喝稀飯。真是狗改不了吃屎！

沒有說什麼，我直接掛斷了電話，然後一臉尷尬地望著徐露。

奇怪，什麼時候這小妮子變得那麼厲害了？不是說熱戀中的女人都是白癡嗎？為什麼她這個例外的智商不但沒有變低，反而猛地變高了十幾倍，弄得我如此聰明絕頂的人都著了她的道。

唉，真是人心不古，世風日下啊。

徐露安靜地坐在桌子對面，一邊瞪著我，一邊幫我夾菜盛湯。

直到我面前特大的碗裡，堆滿了她精心準備的料理，才慢條斯理地說道：「小科是不是變心了？他是不是有外遇？他是不是愛上了別的女孩子？他是不是已經不愛我了？快說！」

有時候真的很佩服女孩子的思考邏輯，平常可能還看不出來，但是一推移到感情上，超強的推理能力，就會層出不窮地想出種種的可能性。

有的甚至可能一輩了都不會發生，或者男生一輩子都絕對想像不到，也不可能做到。

我苦惱地撓了撓略微有些凌亂的頭髮，苦笑著搖頭。

徐露的臉色越來越難看了，她咬住小巧的下嘴唇，強作溫柔地說：「那好，你不說也可以。把你面前的東西都吃光，如果你吃得完，我就什麼都不會再問。」

「小露，妳知不知道愛情是什麼東西？」

我看著滿桌的料理，頭皮發麻地試圖轉移她的注意力，然後好製造一些例如不小心掀翻桌子、或者拉掉桌布，讓滿桌的飯菜掉到地上的意外。

沒想到這麼不明顯的企圖，居然也被那小妮子看穿了，她用全身的重量壓在飯桌上，淡然笑道：「把你的愛情理論說來聽聽，但是千萬不要搞小動作。小夜你的那些把戲我可是清楚得很。」

「講一個曾經聽過的故事，很淒涼的故事。」我背脊發涼，無奈地講道。

「有個年輕美麗的女孩，出身豪門，家產豐厚，而且多才多藝，日子過得很好。她十六歲的時候，媒婆把她家的門檻都踩爛了，但她卻一直都不想結婚，因為她覺得自己還沒遇到她真正想要嫁的那個男孩。

「直到有一天，女孩去一個廟會散心，在萬千擁擠的人群中，她看見了一個年輕的男人。不用多說什麼，從看見他身影的那一瞬間，她的胸口便如同發生地嗚一般的震顫，口中如沙漠乾得沙沙作響。那女孩終於明白了自己苦苦等待的是誰了。

「可惜，廟會實在太擠，無論她如何努力，也無法走到那個男人的身邊。只好就這樣眼睜睜地看著那個男人消失在人群中。

「後來的兩年裡，女孩四處尋找那個男人，但這人就像蒸發了一樣，無影無蹤。

「女孩每天都向佛祖祈禱，希望能再見到那個男人。

「她的誠心終於打動了佛祖，佛祖出現在她的夢裡，說道：『妳真的想再看到那個男人嗎？』

「女孩點頭：『是的！我只想再看到他，哪怕只是一眼！』

「佛祖問：『假如代價是放棄妳現在的一切，包括愛妳的人和幸福的生活呢？』

「女孩道：『我願意！』

「佛祖又問：『而且妳還必須修煉五百年，才能見他一面。妳真的不會後悔嗎？』

「女孩毅然地點頭：『絕不後悔！』

「於是女孩變成了一塊大石頭，躺在荒郊野外。

「四百多年的風吹日曬，苦不堪言，但女孩都覺得沒什麼，難受的是這四百多年都沒看到一個人，看不見一點點希望。

「這讓她快崩潰了。直到最後一年，有個採石隊來了，其中一個人看中了她的巨大，把她鑿成一塊巨大的條石，運進了城裡。他們正在建一座石橋，於是，女孩變成了石橋的護欄。

「就在石橋建成的第一天，女孩看見了，那個她等了五百年的男人！

「他行色匆匆，像有什麼急事，很快地從石橋的正中央走了過去。

「那男人絲毫沒有也絕對不會發覺，身旁有一塊石頭，正目不轉睛地癡癡望著自己。

「很快，那男人又一次消失在了遠處。在他離開後，佛祖出現了。

「佛祖用慈祥的眼神，望著女孩問：『妳滿意了嗎？』

「女孩瘋狂地搖頭，『不！為什麼？為什麼我只是橋的護欄？如果我被鋪在橋的正中央，我就能碰到他了，我就能摸到他了！』

「佛祖問：『妳想摸他一下？那妳還得修煉五百年！』

「女孩流著淚點頭：『我願意！』

「佛祖遲疑的問：『妳吃了這麼多苦，真的不後悔？』

「女孩輕輕笑了：『絕不後悔！』

「女孩變成了一棵大樹，立在一條人來人往的官道上，這裡每天都有很多人經過，女孩每天都在近處觀望，但這更難受，因為無數次滿懷希望地看見一個人走來，又讓無數次的希望破滅。

「如果不是有前五百年的修煉，女孩恐怕早就崩潰了！

「日子一天天的過去，女孩的心逐漸平靜下來。她明白了，不到最後一天，他是不會出現的。

「又是一個五百年！最後一天，女孩知道他會來了，但她的心中竟然不再激動。

「來了！他來了！他還是穿著他最喜歡的白色長衫，臉還是那麼俊美，女孩癡癡地望著他。

「這一次，他沒有急匆匆地走過，因為，天太熱了。他注意到路邊有一棵大樹，那濃密的樹蔭很誘人。

「休息一下吧！他這樣想。他走到大樹腳下，靠著樹根，微微地閉上了雙眼，他睡著了。女孩摸到他了！他就靠在她的身邊！但是，她無法告訴他，自己對他的千年相思之苦。

「她只有盡力把樹蔭聚集起來，為他擋住毒辣的陽光。

「千年的柔情，等來的只是男人小睡的一刻，或許他還有事要辦，便站起身來，拍拍長衫上的灰塵。

「在動身的前一刻，男人抬頭看了看這棵大樹，又微微地撫摸了一下樹幹，大概是為了感謝大樹為他帶來清涼吧。然後，他頭也不回地走了！

「就在他消失在她的視線的那一刻，佛祖又出現了。

「佛祖說道：『滿足了嗎？妳是不是還想做他的妻子？如果是那樣，妳還需要修煉一千年。』

「『不用了。』女孩平靜地打斷了佛祖的話：『我很想，真的很想。但是沒必要了。』

「佛祖奇怪道：『為什麼？』

「女孩的眼中流下了晶瑩的淚水，『這樣就已經很好了，愛他，並不一定要做他的妻子。請告訴我，他現在的妻子也像我這樣受過苦嗎？』

「佛祖微微地點了點頭。

「女孩笑了：『我也能做到的，但是不必了。』

「就在這一刻，女孩發現佛祖微微地嘆了一口氣，或者是說，佛祖輕輕地鬆了一口氣。女孩有幾分詫異，佛祖也有心事麼？

「接著，佛祖的臉上綻開了一個笑容：『妳做出這樣的選擇很好，因為有個男孩可以少等一千年了，他為了能夠看妳一眼，已經修煉了兩千年。』」

我舔了舔舌頭說道：「生命總是以一種我們瞭解，或是不瞭解的方式平衡。問世間情為何物，乃是一物降一物。

「據著名的作家張小嫻曾經說，愛情並不複雜，來來去去不過三個字而已，不是你好嗎？就是我愛你，我恨你，然後是對不起，算了吧。

「其實愛情實際上是一種化學反應，它由費洛蒙產生，不過這種物質的壽命最長只有十八至三十六個月。這對於熱情而執著的青年人來說，畢竟是一件讓人掃興、甚至是絕望的事。」

「這關我什麼事？」徐露眯起了眼睛。

「當然有。」我大義凜然地說：「相對於愛情，友情就誠摯得多了。如果沒有什麼大的意外的話，友情沒有倦怠期，而且可以延續一輩子。」

說完，我認命地拿起筷子，心裡不斷地詛咒著沈科那王八蛋，然後將頭埋向了不知道放了多少瓶芥末油的料理。

會煮菜的人故意煮出來的料理，果然難吃得名不虛傳，剛嚥下一口，我的鼻涕眼淚就一起湧了出來。

就在我苦悶絕望地哀求上帝解救的時候，救星真的來了。不過不是一個人，而是一通電話。

接聽完，放下手機。我長長地噓了一口氣，衝徐露說道：「不陪你們這兩個感情幼稚園沒畢業的傻瓜瘋子玩了。小露，我馬上要出去一趟，妳幫我送假條交給老師。」

「又要請假？」徐露滿臉詫異，也顧不得再強迫我吃友情套餐，連聲問：「這次又要曠課去哪裡？」

「湖州杼山。」我一臉嚮往地透過落地窗向外望去，碧空如洗，藍得發亮。

「去那裡幹嘛？那有什麼好玩的東西？」

「當然有！那裡是所有茶道愛好者的聖地，也是茶道始祖陸羽長眠的地方。嘿嘿，看來又有什麼有趣的事要發生了……」

第二章 冬眠

像一種預感，你的生命就像一本讀得太快的書一樣流逝，留下影像和情感的片段，最後只剩下一個名字。

曾經在《慾望城市》中讀到這句話，令我至今難忘！

摘錄以上這句話，是有原因的。

在前往湖州的飛機上，我無聊地翻看著順手塞進背包裡的《慾望城市》英文版。

雖然當時滿腦子都充斥著二伯父夜軒，那個世故的考古學家，邀請我去他的臨時研究院前說的一席話。

「小夜！這次你二伯父我發了。」他興奮地說：「沒想到陸羽的墳墓裡，真的有一些稀奇古怪的玩意兒，最絕的是他的屍體……

「嘿，話就說到這裡，到時候你看了就明白了，絕對不會讓你失望的。而且我有一些事情還想請你幫忙，對了，我還請了你的瘋子叔叔。」

原本我對二伯父的研究完全不感興趣，但一聽到他居然請了瘋子叔叔去，立刻好奇心大熾。

瘋子叔叔其人，我曾在《風水》一書裡略略提起過。

小時候我常常叫他瘋子叔叔，是夜家旁系的人，出名的花木狂，現在是某個著名農業大學的教授，由於自小受到他毒害，我從他身上學了許多花木的知識。

不過只要是夜家的人都知道，二伯父和瘋子叔叔是有名的八字不合，一見面就吵架。

而且二十多年前因為一個女人，兩人打得頭破血流，最後那女人被瘋子叔叔得了芳心、抱得美人歸。當然他們兩個也因此斷交，再也沒來往了。

據說，二伯父至今聽到瘋子叔叔夜郝的名字，都會氣得咬牙切齒。

究竟是什麼讓他們倆握手言和，重歸於好的呢？

我疑惑地撓了撓腦袋。

或許這次二伯父的發現真的很不得了吧，至少可以重要到兩個性格固執的仇人，暫時放下成見，手把手研究起一個題目來。

嘿嘿，有趣，越來越覺得有趣了。

我伸了個懶腰，突然感覺手中揮舞的書，打在了什麼東西上。

「哎喲！」

還沒等轉過頭去看，一個清脆悅耳的叫痛聲，立刻傳了過來。

我大感抱歉地望向右邊，一邊道歉，一邊朝那個連叫痛都可以叫得人如沐春風的女孩望去。

那女孩正低著頭揉腦袋。

恐怕我這本厚厚的書，是錯砸在了她的頭頂上。

烏黑亮麗的長髮，輕飄飄地披在她的肩膀，在機內的燈下閃爍著柔和的光澤，看著讓人說不出的舒服。

光只是這一眼，我瞬間就給她打了九十分，希望她抬起頭來的時候，不至於讓我過度的失望才好。

正在我胡思亂想的時候，女孩抬起了頭，我頓時驚呆了。

上帝！玉皇大帝！老天！沒想到世界上，居然能孕育出如此鬼斧神工的面容。

白皙嬌小的巴掌臉上，五官不多一分不少一分地分佈在它們該在的位置，讓人感覺哪怕偏移一點點也是犯罪，會徹底的打破絕對的完美。

她用那雙帶著水霧的朦朧大眼睛望著自己，看了一眼我手中的書，柔聲道：「請你下次想要砸人家的時候，儘量用村上春樹的《挪威森林》。《慾望城市》實在太厚了。痛！

「喂喂，你怎麼了？」她見我一動不動地呆著不說話，伸出了小巧纖細的手，在我眼前晃蕩起來。

過了好久，我才尷尬地撓著腦袋，喏喏地解釋，「剛剛真的實在不好意思，我只是想伸個懶腰。」

「沒關係，我可不像某人那麼小氣。」女孩咯咯地笑了起來，似乎覺得我的樣子十分有趣。

我苦著臉，突然覺得自己非常沒有面子。想我夜不語什麼世面沒見過，怎麼今天居然就在這小小的飛機上陰溝裡翻船了呢？

唉，但是，只要是一個正常的男人，猛然見到眼前的女孩都不會不心動吧。自己的自制力都算十分不錯了。突然，一個疑惑閃入了腦海。

突然見到！對，飛機都快要到目的地了，為什麼我才突然注意到這個女孩？這麼出色的美女，任誰見過一面也不可能在短時間裡忘掉吧，何況我的記憶力還算不錯。那為什麼自己一直都沒有注意她？

不對，上飛機的時候，我明明清楚地記得，坐在右邊的是個禿了頂的五十多歲歐吉桑，當時的自己才會大失所望，翻出書來看的。

究竟在什麼時候，醜男在我不知不覺的情況下變成美女了？

還有，她剛剛說的話也有問題。

她說她可不像某人那麼小氣。那個某人是誰？理論上講，對一個第一次見面的人，而且是異性，大多數的人都會保持一定的距離，但她卻用了「某人」這種十分隱晦的詞語，而且那個詞語，明顯指的是我本人。

難道，她認識我？

我疑惑地又望向那個讓自己充滿疑問的女孩。她依然衝自己文靜地笑著，笑得十分開心，就像做了一件什麼得意的事情。

「請問，妳認識我？」我實在忍不住了，問道。

「當然認識了。」女孩的笑容更加燦爛了，「小時候你還常常欺負我呢，小夜哥哥。」

我瞪大了眼睛直直地望著她。唉，或許，人生就是因為充滿了無數的不可測，才會令人感到有趣吧。

「夜雨欣，我是夜雨欣哪。」女孩瞪大眼睛，臉色不善起來，「你不會把我忘掉了吧？」

「妳，妳是夜雨欣！」我震驚了，震驚得不得了！夜雨欣這名字自己當然知道，她是瘋子叔叔的女兒，無論從身材還是性格都屬牛的，跟眼前的美女完全搭不上邊。

沒想到，那個小時候常常跟在我身後的鼻涕蟲，女大十八變，居然變得那麼漂亮了。唉，人生果然是充滿了變數。

其後的旅程，因為有身旁這位從小時候很煩，長大後卻文靜得要死的美女相伴，當然是不會無聊了。

我們相互講了講十多年來自己的大概經歷。

夜雨欣似乎對我的事情非常感興趣，在我淡淡講述時，總是睜大了那雙極有誘惑力的明亮眼睛，一眨不眨地望著我，仔細地聽。

轉眼，湖州機場到了。

提了行李，一下飛機，就看到一個大約二十五歲左右的年輕帥哥，舉著寫有我和夜雨欣兩人名字的大牌子，站在擁擠的人群裡。

「切，二伯父那個懶蟲，居然不親自來接我們。」我一邊抱怨著，一邊拉著雨欣向那年輕人走了過去。

「你好。」我衝他笑著：「我們就是你要接的人，夜軒那老不死的還好嗎？」

「院長，院長他老人家還健在。」那男人被我嚇了一跳，結結巴巴地回答道。

夜雨欣頓時笑了起來。

「實在是太不幸了，世界災難啊。」我裝作十分遺憾的樣子，向他伸出了手，「我是他的侄子，夜不語。後邊的是他的侄女，夜雨欣。」

「幸會，幸會。我叫張克，是臨時被派到夜軒院長手下的研究員。」他慌張地緊緊握著我的手，一副小心翼翼的樣子。

他謹慎的態度令我大感有趣，乾笑了一聲，問道：「你來的時候，那個老不死的對你說過什麼不太有真實性的話吧？」

張克緊張地點起了頭，「院長說接你的時候一定要必恭必敬，還說你人小鬼大，心胸狹窄，一不小心得罪了你，恐怕一輩子都會被你反擊報復。」

「謠言！純粹是謠言。」我尷尬得臉都綠了。

旁邊的夜雨欣，忍不住「噗哧」一聲大笑起來，一邊笑，還一邊輕輕拉了拉我的衣角，耳語道：「那個叫張克的大哥哥，傻頭傻腦的，好有趣。」

當時這個輕鬆的見面，並沒有在我的心中引起任何漣漪。

但是，不久以後發生的許多離奇怪異之事，卻讓眼前這個有趣的笨張克，變成了故事的主角。

人生，果然是充滿了變數啊。

將行李扔進後車廂裡，我突然想起什麼，問道：「雨欣，瘋子叔叔怎麼沒有跟妳一起來？」

「老爸前天一早接到二伯父的電話，他本來是一拿起話筒就開罵，罵得正起勁的時候，二伯父不知道說了什麼，他立刻一副驚奇的樣子。放了電話，便要老媽幫他整理行李，然後急急忙忙地走了。」

「喔，這麼說，妳老爸根本就沒有帶妳一起來的意思？」從她的話裡，我聽出了一些有趣的言下之意：「那麼妳來幹什麼？」

「我幫老爸送一些研究用的器材。」夜雨欣回答得十分順口。

我笑起來，笑得就像個奸商：「我看不是吧！要送也是妳老媽送才對，有哪個父母，會讓自己剛滿十七歲的可愛女兒獨自跑那麼遠的？妳不會是離家出走吧？」

夜雨欣用那如水的雙眼望著我，一臉挫敗的表情：「小夜哥哥，你真的是越來越老奸了。難怪老爸有時候提到你都會用敬語，一副心有餘悸的樣子。」

「哈哈，不用給我戴高帽了。妳那點小聰明，我怎麼可能猜不出來？」我大有興趣的和她的雙眼對視：「說說吧，為什麼跑過來？」

「夜家的血液裡，就流淌著好奇。」夜雨欣衝我可愛的眨了眨眼睛。

「這一點，小夜哥哥應該比任何人都清楚吧。我對這次二伯父的發現非常感興趣。

「你想想，我老爸是草木學家，而二伯父是考古學家，這兩個職業根本就是八竿子都打不到一塊兒去，但是為什麼我老爸只聽了一句話，就可以把二十多年的成見都放下，而且完全不顧他和老媽的結婚紀念日，迫不及待的過來了呢？」

我被她一提醒，也不由得沉思起來。

對啊，這一點自己真的還沒有想過。究竟二伯父在陸羽的墳墓裡發現了什麼？居然可以引得惟妻命是從的瘋子叔叔放下一切？

「根據史料記載，陸羽是在唐貞元二十二年〈西元八0四年〉冬天終老，並下葬在湖州杼山上的，距今已經有一千兩百多年了，而且也罕有的沒有被任何盜墓者騷擾過。

「在這一千多年裡，就算骨頭都應該石化了，而且杼山的溫度和濕度也並不適合保藏物件，唉，頭痛。墳墓裡邊除了會有一堆枯骨以外，還會剩下什麼呢？」我有些頭大地敲了敲腦袋。

「我倒是隱約猜到了一點。」夜雨欣神秘地笑起來，「小夜哥哥，你知道植物的種子和某些動物，在一定的環境下會冬眠嗎？」

「也就是俗稱的生命化石對吧，當然知道，世界上有許多這樣的案例。」我點點頭。

「一八八一年四月二十一日，內華達州靠近紅寶石大樓的西部礦山，一個地下六十多英尺深的礦坑裡，許多礦工親眼目睹了一塊剛挖出來、大約拳頭大小的石頭中，躲著一條全身白色的蟲子。而且那隻蟲子還在所有人面前一動一動的。

「一八九二年，亞利桑那州克利夫頓附近的隆克法羅礦山的鐵礦石中，也發現了一隻甲蟲，那隻不知道多少世紀以前的甲蟲，原本一動也不動，但是一個禮拜後，卻自己掙扎著從鐵礦石裡爬了出來，而且還存活了好幾個月之久。」

「還有一個最經典的例子。一八七三年舊金山市郊外，迪亞波羅山的礦石坑道中，出現的一件怪事。」夜雨欣接過了我的話。

「礦工們在新挖掘出來的石灰岩中，發現了一隻活生生的青蛙。

「由於發現的地點離地面非常深，而且該地層在考古學上，屬於非常古老的地層，因此研究牠的科學家們判斷，牠絕對不是一隻冬眠中的現代青蛙。

「牠至少在岩層中存活了接近一億年。」

我們相互對視了一眼，不由得同時打了個冷顫。

夜雨欣語氣激動地嚷道：「二伯父這次的發現，絕對和這方面有關。他一定在陸羽的墳墓裡發現了什麼冬眠中的東西，而且絕對是植物，不然我老爸不會有那麼大的興趣！」

我深以為然的點點頭：「陸羽被世人稱為茶聖，如果他的墳墓裡會出現存活著的植物種子，應該也是和茶種有關。」

仔細想了想後，我又搖起頭來：「不對，唐朝後期以來，茶就一直走上盛世，並沒有多少茶種絕種的，而且這一千多年來，各種茶樹也沒有什麼太大的變化，瘋子叔叔按理說不應該那麼有興趣才對。」

夜雨欣眨巴著眼睛，頓時變得垂頭喪氣起來，「也對。那麼陸羽墓裡究竟發現了什麼呢？」

「不要急，我們到了應該就知道了。」我好奇心難以壓制地膨脹著，伸手敲了敲坐在駕駛座的張克，「帥哥，能不能開快一點。」

他居然沒有任何反應。

我疑惑地看了身旁的夜雨欣一眼，突然發現她不知道受了什麼驚嚇，臉都變綠了。

「怎麼了？」我輕聲問。

她全身顫抖的指著張克，結巴地說：「那個大哥哥的頭靠在方向盤上，嘴巴裡似乎還在流一些像是口水的液體。他是不是……」

還沒等她說完，我的臉頓時也綠了。

上帝啊，那傢伙在開車的時候，居然給我睡著了！

救命啊！

第三章 舊事

「對不起，實在很對不起，我最近的睡眠品質一直很差。老是作一些有的沒有的怪夢。」下車時，張克的眼睛上一邊一個青腫的黑眼圈，加上他憨厚的樣子，活像某種瀕臨絕種的保育動物。

「我管你去死。」我咬牙切齒地瞪著他，「我打死都不要再坐你的車了。我又不像貓那樣有九條命，再說了，要死也不會用這種白癡的死法。」

「抱歉，抱歉。」他不住地鞠躬道歉。

剛從駕駛位置走下來的夜雨欣看不下去了，勸道：「小夜哥哥，他也不是故意的。何況我們也沒有出什麼大事啊。」

「如果出大事就完蛋了。」我氣惱地說：「剛剛右邊那一拳也沒見妳的有多輕，現在才馬後放炮裝好人。」

想起了什麼，我轉過身問她：「對了，雨欣，妳是什麼時候考駕駛執照的？技術還不錯嘛。」

夜雨欣嘻嘻地笑了起來：「我沒有駕駛執照。」

「沒有駕照？那妳以前學過駕駛？」

「笨蛋，當然沒有。老爸從來不讓我去考，他說淑女是坐車的，不需要開車。」

「那妳怎麼會開？」

「很簡單啊！有時候老爸老媽不在家的時候，我就偷偷地把他們的車弄出去，一來二去的就學會了。嘻嘻，人家是天才吧？」

上帝，我的臉頓時又綠了，夜家的瘋子看來真的不少！還好，我除了好奇心旺盛了一點，智商高了一點以外，算是非常正常的人類了。

就這樣打打鬧鬧地走進了二伯父位於湖州市西郊的臨時研究院。

這個所謂的研究院，是一棟歐洲式古堡，很大，大到令人咋舌的程度，格局居然還帶著罕有的復古派，真不知道是哪個富翁修建的。

二伯父平時雖然為人不怎麼樣，但沒想到人脈還滿不錯的，居然可以借到這麼豪華的房子，真是令人刮目相看啊。

跟著張克那傢伙，穿過重重保安設防的大門和花園走廊，這才真正進了這個色調很不調和的古堡。

就在進入大廳的一剎那，周圍的一切突然變得溫柔起來。

從大廳裡的裝飾，就可以看得出古堡的主人很懂生活，雖然四周的擺設簡樸，卻處處透露出一種溫馨的家的感覺。

我又是暗暗吃驚，原本看到古堡奇怪的外表，以為這家主人應該會是那種粗狂的傢伙，但是內部的佈局，卻大大出乎自己意料之外的反差極大。

細微處，處處洋溢著擺設者細膩的心思。讓我這個可以從細密處與人們不注意的地方，判斷一個人性格的高手，第一次揣測不出主人的性格。

「那傢伙不會是有雙重性格吧？」我越發好奇地想道。

古堡分上中下三層，穿過算得上是生氣蓬勃的大廳，就有直上二樓的旋轉樓梯。

張克把我和夜雨欣領到一個房間前說：「院長說讓你暫時住在這裡邊。行李放進去後立刻帶你到地下室去。門鑰匙在這裡。」

「那我呢？」夜雨欣頓時急起來，她紅著臉，不好意思地瞄了我一眼，「我的房間在哪裡？不可能和小夜哥哥住一起吧？」

我立刻大笑起來：「妳要是不介意我也沒關係。總之妳也算是不速之客吧，有誰未卜先知妳這小妮子會偷偷跑來呢？」

夜雨欣哼了一聲，用力踩在我的腳背上，痛得我差些沒哭出來。

勉強分好了房間，將行李亂糟糟地堆在房間的床上後，我迫不及待的要求張克帶我們去見二伯父夜軒。

打從出發前，就開始猜測那糟老頭子的發現，現在該是揭開謎底的時候了吧。

原本等在門前的張克卻不見了。

我疑惑地和雨欣對視一眼，問道：「妳有沒有見過那傻子？」

雨欣搖了搖頭。

我遲疑地往四周掃視起來。

突然感覺背後一陣惡寒，有種莫名的刺激，令我全身的雞皮疙瘩都冒了出來。

我猛地回頭，身後，卻什麼都沒有。

「怎麼了？」看見我緊張的神色，夜雨欣急忙問。

我苦笑了一聲，沒有回答她。奇怪了，剛才明明感覺到有什麼東西，從身旁飛快地竄了過去。

拉著夜雨欣走過二樓的拐角，就看到張克正和一個威嚴的老人講著話。不看還不怎麼樣，一看，我立刻驚訝得險些叫出聲來。

「那老頭不是皇甫三星嗎！」我輕聲道。

「你認識那個滿臉傲氣的老頭？」雨欣好奇地問。

我點了點頭解說道：「皇甫三星是中國茶業股份有限公司的總裁，浙江省首富。

「他的照片曾經九次刊登在影響力極大的商業雜誌《風鈴》的封面。不知道有多少報刊雜誌吹噓他在四十多年前白手起家，將中國的茶業和茶道推向全世界。

「總之，那老傢伙是個名人。嘿嘿，也難怪，恐怕也只有他，才修得起這棟古堡吧。真看不出來，原本我還以為喜歡茶的人，怎麼說也應該比較古板守舊。」

「他的樣子確實很古板，特別是那頭烏黑亮麗的捲髮。小夜哥哥，我打賭一百塊，那絕對是假髮！」雨欣大有興致的研究起那位高貴的社會名流的頭髮。

我不禁大笑起來。

正對著我們的皇甫三星，皺了皺眉頭，朝我們看過來。

他的小眼睛在夜雨欣的臉上轉了一下，就直愣愣地定格在了我的臉上。

許久，他才對身前必恭必敬的張克說了些什麼，然後轉身走了。

「真是個不懂禮貌的老頭。」夜雨欣不滿地撇了撇嘴。

「有錢人大多都是這個樣子。」我哼了一聲，向張克走過去。

還沒等我開口，張克急忙說道：「我立刻帶你們去地下室，等下院長恐怕會有些事情要處理，沒辦法等太久。」說完，就逕自朝樓下走去。

我看了夜雨欣一眼，滿臉疑惑地跟著走了下去。

張克並沒有上樓，只是帶著我們走進廚房。他打開火爐，又將它關上，如此規律地反覆了好幾次，身旁的冰箱突然緩慢地移開，露出了一個狹小的秘密空間。

看得出是台升降機。

我大感興趣的一邊默記開關火爐的規律，一邊暗自揣測，皇甫三星那個極不可愛的小老頭的性格。

居然有人把地下室弄得這麼隱秘，而且搞得像是間諜片一樣。即使說那傢伙不是個好萊塢影迷，恐怕也差得不遠了。

我們三人走進去，升降機便自動向下移動。大約過了五分鐘的樣子，四周輕輕一震，門緩緩向左右打開。

剛一出去，我和夜雨欣就呆在了原地，嘴因為驚訝而大張著，足以塞下一個大饅頭。

記得曾有個名人說過，有秘密的人通常都有密室，密室的大小和秘密的多少成正比。

不過，眼前這個密室也太大了，足足有三座古堡的空間，就算有人告訴我這是地下核武器的秘密發射基地，我也會毫不猶豫地相信。

在這個偌大的房間裡，展眼望去，房內的東西令人更為吃驚。

升降機的出口，處在密室的最頂層，撐住前邊的護欄往下看，可以見到腳下數萬平方公尺的空間裡，上千個幾十公尺高的類似科幻電影中，能量增幅器的東西呈螺旋狀排開，而螺旋的正中央，儼然有一根中空的水晶針。

針並不高，穩穩的架在一堆閃爍的儀器上，遍體晶瑩，看起來應該是控制室一類的房間。

好一會兒我才回過神來，用力地揉著眼睛，直到眼睛感覺到痛了才停手，睜開一眨不眨的狠狠注視著眼前出乎意料之外的景象。

沒有作夢，那麼，這些東西都是真的？那麼，皇甫三星究竟弄出這個地下室來幹什麼？還有這些莫名其妙不知用途的設備，那個小老頭，真是越來越讓我感覺到神秘了。

張克輕輕拍了拍我的肩膀：「驚訝吧，老實說，第一次我看到這些東西的時候，我全身麻木地僵在原地十多分鐘，口水差些都流到了地板上。你們兩位的心理承受能力，都算是我見過的人中，最好的了。至少還能保持不失態！」

「這些是什麼東西？」我一把抓住他，臉上流露一種你小子敢不回答，就先殺後姦屍的威脅表情。

那個遲鈍的張克，被我的視線灼得背脊發涼，幾乎是條件反射的答道：「皇甫三星先生曾經說，這些是萃取茶葉中一些菁華物質的設備。具體情況，就不是我這種小職員能知道的了。」

哼，萃取設備！恐怕是皇甫三星那傢伙在睜著眼睛說瞎話，也只有那些精神病院裡的居民，以及一些讀書讀太多、讀到頭腦都變迂的白癡才會信。

又走進一台升降機到了低層。

我們終於在研究室裡見到了二伯父夜軒，那老傢伙身體還是像以前那麼棒，恐怕三千頭大象從他身上踩過，他也可以好好的再活上個六十年。

這時的他正坐在椅子上，全神貫注地注視著手中的一片翠綠色的、類似某種葉子碎片的物品。

突然感覺到什麼，他抬起頭，然後衝我們笑了起來。

「小夜，你來了？哈哈，我就知道，以你那麼強烈的好奇心，是絕對不會錯過這種有趣的事情的。」

夜軒爽朗的笑著，猛地，他的笑在還沒有達到最高點時凝固住了，他的雙眼直愣愣地望著我身後的夜雨欣，全身止不住地顫抖著。

「雯怡？」二伯父激動地站了起來，剛想走過來，又莫名其妙的大搖其頭，自言自語道：「不對，雯怡現在應該也有四十八歲了。唉，二十年啊！人生天地之間，若白駒之過隙，忽然而已。我也老了。」

他喃喃說著，頹然地又坐回椅子上，嘆了口氣，彷佛在一剎那之間老了許多。

「二伯父是不是有什麼精神疾病啊？」雨欣害怕地湊到我耳旁輕聲問。

我略一思考，明白了癥結的所在，笑道：「可能是妳的樣子長得太像妳老媽了，讓二伯父突然回憶起二十多年前，他和妳老爸一起追求妳老媽的時候。

「對了，妳應該也有十多年，沒有見過眼前這個神經質的老頭了吧。」

夜雨欣一副心知肚明的樣子，笑得賊賊的，輕拉了我的衣角道：「沒想到以前老媽說的都是真的。不過，嘻嘻，難怪老媽現在都不大願意出來見人了，原來是怕自己現在的樣子，破壞了從前追求者對自己的印象。」

我仔細想了想伯母現在中年發福後的樣子，又想了想二伯父的癡情，也不禁啞然失笑起來。

有人說時間是治療痛苦最好的良藥，但是這種良藥似乎也對某些人起不了作用。愛上一個沒有追求到、而且也永遠得不到的人，那種痛苦，並不是短短的二十年就可以痊癒的。

雖然二伯父現在似乎也算是功成名就，但在感情上，恐怕也是個值得可憐的傷心人吧！

站在研究室裡的四個人，就這樣各想各的或坐或站的相互沉默著，不知過了多久，二伯父才開口道：「妳是夜郝的女兒夜雨欣吧？小姑娘真是越長越標緻了。妳父親買東西去了，等他回來後，我叫他來找妳。」

遲疑了一下，他又向我望過來：「小夜，我知道你有許多疑惑想要問我。嘿，有沒有興趣去看看一代茶聖，被千萬人尊重了一千多年的聖者，陸羽的風采？」

二伯父一提起陸羽，眼睛中頓時閃爍出一種又激動又瘋狂的瞳芒，顫聲道：「到時候，你就知道我為什麼要讓你來了。」

□

場景轉向一旁，白雪皚皚的格陵蘭。

「這就是妳所謂的雪橇車？」楊俊飛有些懷疑地看著不斷揚起落雪的直升機。

紫雪尷尬地笑道：「嘿嘿，不要在意這麼多嘛！人家沒見識，認知能力差，有時候偶爾也會把直升機叫做雪橇車的。」

楊俊飛默不作聲，打量起這架雙螺旋垂落式直升機，雖然它的標誌已經被抹掉了，但他還是能很快地判斷出它來自科隆多基地——美國駐在加拿大的軍事基地之一。

這讓他更加懷疑起這位自稱紫雪的女人的身分。

懷疑歸懷疑，但是他並沒有笨到去嚷嚷。雖然自己素來不喜歡美國軍方，不過既然已經答應了，就算是惡魔他都會幫，這就是他的性格。

直升機飛快地向加拿大境內飛去，途中經過了無數白雪皚皚的冰海，最終來到了一個堆滿積雪的小鎮。

這是個平靜安詳的地方，孩子們歡快地拿著家裡的小鏟子，一邊鏟著門前的雪，一邊打著雪仗。看到有飛機掠過，都一個勁兒地朝天空揮舞手臂。

楊俊飛笑了笑，繼續向下望著。

直升機減慢速度低空飛行，幾乎都要貼到街道兩旁的雪松和苦寒樹的頂端了。

「亞尼克鎮，嘿，果然是個只有寒冷與冰雪的地方！」他喃喃自語道：「不過在這裡過完剩下的假期，應該也不錯吧。」

向西繼續飛了大約十公里左右，直升機緩緩地在一座古堡的停機坪上降落了。

「要喝些什麼嗎？酒庫裡的酒，都是珍藏了上百年的好酒呢！」走進古堡的客廳，坐在舒服到甚至可以讓整個人陷進去的沙發上，紫雪在他身後柔聲問。

他揮揮手，隨意地說了聲「科洛克諾」，便自顧自的閉上了眼睛。

紫雪吐了吐舌頭，走到酒櫥前倒了杯淺紅色的液體端到桌上。

楊俊飛朝嘴裡猛灌了一口，突然一切動作都在酒碰觸到舌頭的那一刻停止了，停得那麼唐突。只見他全身僵硬，手用力地握成拳狀，用力得幾乎要將手心握出血來！

「怎，怎麼了？酒不好喝？」紫雪隱隱有絲不好的感覺。

「嘿，嘿，妳似乎忘了向我介紹這個古堡的女主人了！」

紫雪「啊」的一聲驚叫出聲來！

楊俊飛緩緩轉過頭，依然在笑，但笑容中卻帶著刺骨的冷。

「嘿，那個女人，如果我沒有記錯的話，應該還叫張冰影吧。那個女人，哼！立刻叫她給我滾出來！」

帶著笑，但楊俊飛的眼睛卻因憤怒而變得血紅，「如果三分鐘後，我還見不到她的話，我會立刻離開，讓她痛苦一輩子！」

當紫雪滿臉惶恐地走出客廳後，時間，似乎慢了下來。

楊俊飛一口一口地喝著酒，滿嘴的苦澀，卻沒有讓他的這個動作稍稍停止分毫。

他的眼神變得空洞了，嘴角抽搐著，思緒再次滑向九年前，那段他本以為再也不用回憶的日子。

九年前，因為某種原因，他進了麻省理工學院。認識了人生中可以稱得上朋友的一個男人和治癒了他內心痛苦，讓他忘記了那段刻骨銘心記憶的、可以稱得上愛人的女人。

傍晚，常常看得見三個人親密地結伴在校內慢慢散步。

他們的周圍散發著自然而又迥然不同的氣氛，這讓所有從他們身旁走過的人，都會側頸相望。

楊俊飛的聰明和幽默，張冰影的美和陸平的沉默。這三個好朋友無疑是當時物理系，不！甚至是麻省理工的一大亮點！

楊俊飛喜歡走在最左邊，他高談闊論、手腳並用的，將單調的物理理論用幽默的方式講述出來。

而張冰影總是帶著笑，挽著他的手，癡癡地望著他。

她是他的女友，張冰影感到很幸福，她瘋狂地愛著這個冷峻而又近乎完美的男人，幾乎是寸步不離。

陸平是半年後闖入他倆生活的。

他寡言少語，只有和楊俊飛爭論某個想法的時候，才會稍稍有些生氣。

所以楊俊飛常常譏笑他是個沒有太多想像力的人，甚至說他給人一種遲鈍的感覺。

陸平總是把生命科學的經典論述引為金科玉律，就像伊斯蘭教徒信奉《可蘭經》中的每一句話那樣，以至於才轉校進入物理系不久，就對楊俊飛那不羈的思路，與不循常規的假設大加駁斥。

就在這互來互往、有兵有禮的互相不客氣中，他倆竟然成了好朋友。

陸平常常感嘆楊俊飛是個無可置疑的天才，只是太過感情用事。

而楊俊飛會立刻調侃他道：「陸平這傢伙，其實既聰明又努力，可惜為人迂腐無聊，理智得過於沉悶了。」

每當這時，張冰影都會捂嘴輕笑，這兩個性格極端相反的人，竟然也會走在一起，是不是也應該算是一項金氏世界紀錄了呢？

生活就這樣無聊但又風趣得像一本日曆那樣，翻過了一頁又一頁。

三個好友本以為這樣和睦的關係會永遠持續下去，直到畢業，直到生命的結束。

但是命運這個頑皮的小孩，卻總是愛開一些「無害」的小玩笑，將一些倒楣而又正常的東西破壞掉。

那一天，對！就是那天下午，楊俊飛記得很清楚，回憶中，所有的事就像昨天發生的那樣。他向張冰影求婚了，但是就在舉行婚禮的那個下午，張冰影卻沒有出現，一直都沒有出現。

從此以後，她以及陸平就突然從自己的生活中徹底消失，了無蹤跡。不論他怎麼尋找，也找不出他倆的蛛絲馬跡。

一個月後，他收到了一封信。

信是張冰影寫來的，沒有寄信人的地址，只有熟悉的筆跡，寫下的短短一行字：

「飛，忘了我，我和陸平結婚了。」

第二天，在所有人驚訝的眼神和勸慰中，楊俊飛遞上了退學申請書，並說了一句至今還流傳在麻省理工學院中，意味深長的話：「別相信漂亮的女人！她們都是些王八蛋！」

第四章 茶聖

客廳的門再次打開了。

走進門的是一個面帶淒苦與疲倦的絕麗女郎。

這就是三十歲的張冰影？

她的面容還像九年前那麼清麗，只是更加成熟了，而變化最大的是她的雙眼，那對默默地望著自己的明亮眸子裡的光芒，不再有狂熱的愛戀，取而代之的是執著。

那是只有在長久的閱歷中，才能鍛鍊出來的執著。

楊俊飛突然心中一痛，他重重地靠在沙發上，強迫自己浮躁的心緒安靜下來。

他沉默，不動聲色地打量眼前這個曾經最愛自己、自己也最愛著的女人。

九年了，自己已變了很多，他絕對不會再讓感性操控自己的情緒了，至少在現在，在她的面前不能！

沉默，還是沉默。

不知道過了多久，張冰影深深吸了一口氣，倚在門背上，擠出苦澀的笑容輕聲問：「你是怎麼看出來的？我本以為這個計畫已經天衣無縫了呢？」

楊俊飛喝了一口酒道：「其實一到古堡的時候，我就隱隱感到略微的不安。因為這裡的佈局每一處都無不是被精心設計過，而目的，那就是為了引起我的好奇。

「再加上古靈精怪、有著妳的影子的紫雪，關於這幾點，妳的確做得很好。

「我承認妳很順利的，讓我對那個所謂的教授產生了莫大的好奇心，甚至十分想見他一面。但是很可惜，有兩件事讓妳功敗垂成了。」

「有，兩件？」張冰影驚訝地抬起頭。

楊俊飛凝視著她，眼中的感情千頭萬緒。

「第一個是在來的時候，我曾不經意的試探紫雪，這個所謂的教授和美國軍方的關係，她不假思索地就承認了。而且還說出這次案件的邀請者是美國軍方。

「哼，可是妳們都不知道，美國軍方早就視我為洪水猛獸，不管發生什麼樣的情況，都不想我經手和他們有關係的任何事情！」

「但這並不足以讓你猜到我就是邀請人吧？」張冰影冷靜地問。

「的確。當時我只是認識到，這個案件的邀請人是一個我認識的人，他〈她〉很熟悉我的一切。但是當我來到書房後不久，另外一個最大的破綻暴露出來了。」

楊俊飛走到酒櫥前，將盛裝科洛克諾酒的瓶子拿了出來問道：「科洛克諾酒，它的一個俗名叫什麼，妳應該還記得吧？」

「是紅櫻桃酒。」張冰影略感迷惑地答道。

「對，紅櫻桃酒。櫻桃在歐洲的貴族中，是一種只能作為蜜餞上桌的低等水果，所以它釀製的酒，是不能用來招待客人的，這樣的風俗在現在的歐洲、美洲都有，特別是在有著這種守舊派古堡的紳士中，他們絕對不會將這種掃興的酒，放在會用作會客的書房的酒櫥裡。」

張冰影還是不解：「但這根本就是兩回事吧！也許這是古堡主人的嗜好呢？而且你想喝這種酒，紫雪偶然看到了就倒給了你，這並沒有什麼不對啊？」

楊俊飛冷哼了一聲，拔開酒瓶的蓋子，給張冰影倒了杯科洛克諾。

她拿起酒杯輕輕地喝了一口，立刻臉色變得煞白，失聲叫道：「這不是科洛克諾，是，是巴德尼洛！」

「不錯！是巴德尼洛。我想這個世界上沒有多少愚蠢的紳士，會把俄羅斯的苦艾酒裝進比利時的甜酒瓶子裡的吧。」

楊俊飛湊近她的耳朵，輕輕地說道：「不過有一個王八蛋例外。在我的記憶裡，他的名字似乎叫做陸平！

「哈哈，巴德尼洛。這種苦澀的酒喝起來，永遠都是那麼好味道。

「或許喜歡它正是因為它像我的人生那樣，總是被一些無聊的事、討厭的人攪得亂七八糟……」

楊俊飛大笑起來，就像一輩子也沒有這樣開心過。

他咂咂著嘴，端起高腳杯，將那種可以讓人迷醉的淡紅色液體一飲而盡，然後站起身說道：「好哪，話了這麼久的家常，我也該向主人告辭了。不然恐怕趕不上最後一班開往採金者市的火車了。」

「不！不要！俊飛！難道你一點也不念舊情嗎？我求求你，讓我講講事情的經過吧。如果那時你還認為不值得讓你留下的話，我絕對不會再攔你！」張冰影絕望地叫道。

她十分瞭解這個冷峻的男人的性格，沒有人能強迫他做任何事情，即使是從前的自己，所以她才費盡心思想引起他的好奇心。

「對不起，無論是什麼事情，我都不會感興趣。」楊俊飛大步向前邁去。

張冰影突然衝了過來，她用自己那纖細柔弱的嬌軀，緊緊地貼在門背上，叫道：「不，我不讓你走！」她閉上雙眼，絕麗的面容抽搐著。

「我不會讓你走，就算你打我、罵我。俊飛，我知道你恨我，但是這一切都和平無關啊！移情別戀的只是我而已，可以說是我引誘他，是我勾引他啊！

「俊飛！平是無辜的！請你不要再恨他了！」

「無辜？哈，好一個無辜！」楊俊飛笑起來，笑得全身顫抖，「他真的很無辜啊！無辜到一聲不吭，跟自己的好朋友的女人結婚了，跑了。嘿嘿，對！我實在想不出還有沒有比他更無辜的人！」

「但是！」張冰影揚起頭說：「你是為了一個陌生人而來的吧？既然可以幫助一

個和自己根本素不相識的人，那又為何不能救救平呢？他是你昔日的朋友啊！」

「不要再和我談起他！哼，朋友！就是結交了他這樣的朋友，我才會有現在的痛苦！」楊俊飛用力地揮動手臂。

「你，難道你真的要見死不救嗎？」

楊俊飛哼了一聲：「妳應該知道吧。雖然這片土地既古老又疲倦，但還是有一句話我很信奉的，那就是避開奪人之妻者！」

「你好殘忍！」張冰影全身哆嗦起來，她輕咬著下唇，像下定了決心似的大聲說道：「楊俊飛！如果你忘掉昔日的舊情和友誼的話，那麼我也會忘掉！我會將整件事告訴所有人。

「平的助手如果知道你一點忙也不幫的話，我瞭解他們的性格，他們一定會殺了你！甚至紫雪也會的！

「要知道，在我們身後有個你無法想像的組織，在暗中操控著一切，他們在這個工程上花了龐大的人力、物力和財力，他們也絕對不會放過你！」

楊俊飛哈哈大笑起來，就像聽到了這個世紀最有趣的笑話。

他用眼睛逼視著張冰影，一字一句的說：「跟在那個王八蛋身邊，看來妳的智商也明顯降低了。嘿，妳放心，妳所謂的那個無法想像的組織不會碰我的。

「如果他們敢的話，我會讓他們明白哪一種人，他們是絕對得罪不起的。至於妳那些可愛的助手！我想妳還不至於愚蠢到忘記我的空手道段數吧。」

張冰影顫抖著，終於無力地坐到了地上。

她一直都是個堅強的女人！在別人眼中是，而長久以來自己也認為是如此。

但是現在，一邊要為丈夫擔心，而另一邊又要承受著那個曾經最愛的男人的冷嘲熱諷。

這一刻，她感到自己的理智、自己的堅強是那麼的不堪一擊，那麼的脆弱，脆弱到幾乎就要崩潰了！

「怎麼？妳的歇斯底里又犯了嗎？」楊俊飛冷哼道。

「不，這不是歇斯底里。」張冰影用雙手支撐住身體，苦澀地笑道：「我從不發神經，沒有感冒，也沒有任何種類的綜合症。你知道的，我是多麼不想生你的氣，我也不想失去他，真的不想。

「自從平失蹤的那天起，我白天不斷策劃營救他的計畫，還要獨力承擔那個組織的所有壓力。

「晚上，只有一個人的時候我才能哭，輕輕地哭，害怕有人會聽到，但是到現在已經過了半個月，擔心和來自各方面的壓力，已經折磨得我快要瘋了。

「俊飛，現在我只能依靠你了。如果你置之不理的話，那麼我真的會死在你面前！」

楊俊飛嘆了一口氣，走到她跟前，蹲下問：「妳真的這麼愛他嗎？」

「是的！」她驕傲地點點頭。

「那麼妳會為他付出多少呢？」楊俊飛恨恨地笑道：「我是說如果我救出他，妳能夠給予我的有多少呢？」

「全部！包括生命！」張冰影已然黯淡的雙眸一閃，揚起頭問：「你想要我做什麼？我發誓，就算再困難我都會做到！」

「哈哈，那就好，其實我的要求很簡單。」楊俊飛犀利的雙眼中，閃過一絲殘忍。

「還記得當初我拿過一篇小說給妳看嗎？作者是傑克・倫敦。

「那篇小說有趣地敘述了一個傑出的醫生和他的妻子，以及妻子的情夫之間的故事。嘿，那篇故事真的好像現在的情況。」

張冰影是個聰明的女人，她立刻明白了楊俊飛話中的意思，沒有血色的臉顯得更加蒼白了。

許久，她咬了咬嘴唇，堅定地望向楊俊飛的眼睛，平靜地說道：「我答應你。如果你將平安然無恙地帶回來，我會跟你走，做你的妻子、你的情婦、你的傭人，什麼都好。我永遠都會待在你的身邊，這輩子都不會再見陸平了！」

「好！那還等什麼？」楊俊飛坐回了沙發，吊兒郎當地蹺著二郎腿，緩緩道：「我就來聽聽你們的故事。」

半個小時後，紫雪聽到了這個男人獨特的吼聲：「喂，妳！馬上去給我訂一張到中國湖州的機票，我兩個小時後就要上飛機！」

□

我目瞪口呆地呆站在原地，只感覺到全身僵硬，大腦猶如受到了萬噸的衝撞一般，久久都呈現一片空白的狀態。

身旁的夜雨欣恐怕也不比我好到哪裡去，她吃力地找到我的手，緊緊握住。我甚至能感覺得到她的顫抖。

她的手溫度很高，恐怕是因為她在極度的驚訝以及亢奮。

我遇到過許多怪異莫名的事情，卻沒有一次感覺如此震驚的。

眼前是一具石頭棺材，長三公尺、寬兩公尺，很普通的棺材。但是裡邊盛放的東西卻絕不普通。

有具男性屍體正安靜地躺在棺材裡。面容乾枯，但肌膚卻看起來十分有彈性，像是剛死不久。

灰白色的長髮披散著，散開在頭顱下，很順，裡邊的水分似乎還沒有完全流失。

我只看了一眼，就判斷出這具男性屍體是個上了年紀的老人。

具體有多老，卻因為面部肌肉的微微塌陷而無法分辨，不過可以肯定的是，這男人年輕時一定十分清秀。

他宛如沉睡了一般，周身沒有散發出一絲死亡的味道，只是躺著，優雅而且帶著慵懶，他的屍身，甚至帶有一種超凡脫俗的感覺。

「他是誰？」我用力地吞下一口唾沫，吃力地問。

「你猜。」二伯父少有的童心大起，衝我眨眼道。

「不會是……」雖然答案就在口中呼之欲出，但我還是無法將嘴邊的名字喊出來。畢竟，那個答案實在是太匪夷所思了，即使遇到過許多怪異事件的我，一時也無法接受。

「你猜對了。」二伯父沉下聲來，激動地說：「棺材裡的那個老男人，就是茶聖陸羽了，你們想像不到吧！

「還有更可怕的，我曾經做過X光掃描，發現他的屍體居然沒有任何防腐處理，體內的內臟也並沒有腐爛，除了早就停止了功能以外，所有的狀態都保存在他死亡時的那一瞬間。」

「不可能！」

雨欣捂住嘴也沒能掩飾掉自己的震驚，「那個已經死了一千多年的人，他的屍身怎麼可能保存得這麼完好？而且在沒有任何處理的情況下，就算是現在的科技，也不可能做到！」

夜雨欣的話，完全說出了我的疑惑。

我望著夜軒，希望他能給一個合理的解釋，但是我失望了，他完全沒有理會我充滿求知慾望的眼神，只是專注的輕輕撫摸著棺材的邊緣，似乎在撫摸自己的情人。那種輕柔細心的程度，害得我全身的雞皮疙瘩都冒了出來。

不知過了多久，二伯父才開口道：「當我發現他時，自己也被嚇了一跳。不過陸羽卻真真實實地就在我面前，小夜，你仔細看看他屍體的下邊。」

我立刻走到棺材邊仔細打量起來，剛才由於過度震驚，並沒有覺得任何異樣，現在細心一看，便發現陸羽屍身下，似乎鋪滿了厚厚的一層綠色。

我用手小心翼翼地拈起一根，居然是一片青翠欲滴的葉子。

這片葉子不過才半個指甲片大小，葉片呈現菱形，湊近鼻子附近，還能聞到一股十分清涼的香味。

「這是什麼？」我皺了皺眉頭問。

「應該是一種茶葉。」夜雨欣學著我的樣子皺著眉頭，將茶葉拿到手裡仔細地研究著，最後沮喪地搖頭道：「奇怪，我居然判斷不出它屬於哪種茶。」

二伯父將防盜玻璃拉下，愛憐地拍拍雨欣的肩膀，笑著道：「不要說妳，就算妳老爹到現在，也沒有搞明白這種植物究竟屬於哪種草木，究竟是什麼構造，能讓這些葉子經歷幾千年，葉片內的水分都保留著沒有流失。

「還有，究竟是不是因為它，陸羽的屍體才能夠保存得如此完美。」

「還需要判斷嗎？我看八九不離十與這些古怪的玩意兒有關係。」不知為什麼，內心中突然感覺到一絲恐懼。我又拿起一片葉子，慢慢打量。

不安的感覺更加濃烈了。難道，這些葉子會隱藏著某些令自己害怕的東西？

還是……

沒等自己繼續想下去，一股陰寒突然從背脊竄上了頭頂，我猛地轉身，向後望去！

我還沒看見任何影像，只感覺眼前一暗，就在要暈過去的那一剎那，我聽到了玻璃的破裂聲！

第五章 詐屍（上）

「江邊楓落菊花黃，少長登高一望鄉。九日陶家雖載酒，三年楚客已沾裳。哈哈，陸兄，我看你今次是山窮水盡了。」

禮部員外郎崔國輔，坐在炕上衝我呵呵笑著。

每當我緊張時就有口吃的毛病，他很喜歡看到這樣的我，用他的話來講，是因為這樣會讓他聯想到第一次見到我的時候。

我們是在天寶九年相識的。遇到他時我正在洗澡，當時他冒失地闖進來，嚇得我結結巴巴地口吃了很久。也就是在那天，我和大了我二十多歲的他，結為了忘年之交。

「崔兄，恐怕這次又要讓你失望了。」我望著遠處的巒巒山丘心念一閃，隨後看著他微微笑道。

「那我倒更要洗耳恭聽了。」崔國輔還是滿臉得意的樣子，他絲毫不相信這個年輕人有什麼詞句能妙過自己的靈犀一筆。

我品了一口新茶，提筆寫道：「月色寒潮入剡溪，青猿叫斷綠林西。昔人已逐東流去，空見年年江草齊。」

此詞一出，崔國輔震驚了。

「妙！絕妙！竟然可以用我詩中最後一個平韻作調，再用仄聲作為第一個次韻！」過了許久，他才喃喃說道：「陸兄，你果然是個不世奇才。看來我崔國輔真的老了。」

「崔兄過謙了，何必無故言老呢？」我行了個禮說道。

那時的我，絲毫沒有注意到屏風後，正有一雙明亮的眼睛，癡癡地望著自己。

很多年後每每回憶起此時，我總是不勝唏噓。

其實認真地想一想，即使我真個注意到了，或許也難以阻止將發生在這個女孩身上的悲劇吧……

「傻女兒，妳怎都看呆了？」崔夫人悄悄地走過去，拉了拉這個躲在屏風後的女子。

崔淼兒臉上一紅，低聲說：「母親，他真了不起。年紀並不比我大多少，但卻知道那麼多！」

崔夫人笑道：「是啊，他人好，詩好。唯一不好的就是不知道人家成親了沒有。」

「母親！」淼兒嬌嗔地不由喊出聲來，她一跺腳，便飛也似的跑回了自己的閨房。

用過晚膳，我乘著嫣紅的夕陽，獨自來到了後花園。崔府的荷花池在這一帶的騷人墨客中，是很有名氣的。

難得來吳郡，我又怎麼能錯過了這滿塘的白藕新花呢？

「呆子。別以為你的詩能贏過那個老頑固，崔府就沒人能夠及你了。」突然一個清亮悅耳的聲音從身後傳來。

我轉身一看，竟然是個十七八歲的絕麗女子。

她可愛的嘴唇微微翹起，黑亮得猶如一汪深潭的眸子，正打量著自己。

「姑娘教訓的是。」我拱手道。

崔淼兒卻不滿地將臉湊了過來，直到呼吸可聞的地方，她這才哼了一聲說：「看你的臉就知道是個大男人主義者。你現在一定在想這個小妮子真是胡言亂語吧。」

「小生哪敢！」我難堪地笑道：「可否請教姑娘芳名？」

崔淼兒呆呆的沒有作聲，她看著夕陽下的荷塘突然臉上飛紅，輕聲念道：「池晚蓮芳謝，窗秋竹意深。何人擬相訪，霜潔白蓮香。既然可以相逢相遇又何必多此一問呢，就當我是這一塘的荷花精吧。」

□

「該死！是誰在用力地捶我的背？」慢慢的，張克睜開了惺忪的眼睛。

一個女子正使勁地搖著他。

「哈哈，我知道了！妳是淼兒！我記起妳的名字了。」張克突然像個傻瓜一樣，指著她笑起來。

「你說什麼？」倩兒吃驚地退後一步，她張大了眼睛憤然望著他：「那個淼兒是誰？」

對了，這個是趙倩兒，是自己的女朋友。

天哪！自己竟然當著她的面，叫別的女人的名字，看她臉色不善的樣子，看來母老虎又要發威了！

張克立刻緊張地叫道：「倩倩倩倩……倩兒，我，我……」話一出口，他驚訝地發現一向伶牙俐齒的自己，竟然口吃了。

「張克！沒想到你是這種人。枉費我……枉費我看你這幾天精神恍惚，特意給你熬了人參湯！」倩兒將手中的保溫瓶連湯帶水的，向他扔過來，突然她「哇」的一聲哭著向門外跑去。

「倩倩倩……兒！聽我，我我我，解釋！」張克急忙追了上去，但心裡卻隱隱有絲不安的感覺。

淼兒？她是誰？這個他從來沒有見過、甚至沒有聽說過的女人，不知為何，每當在腦海中想到她時，胸口總是有種撕心裂肺的痛苦？

從洗手間出來，剛想不聲不響地溜回自己的辦公桌前時，那個可惡的公司副總監截住了他。

她用像吃了大便的語氣說，公司的總裁皇甫三星先生想單獨會見自己。

張克撓了撓頭髮，心情鬱悶地向總裁辦公室走去。

最近真是流年不利，記得一個月前，自己還是中國茶業股份有限公司第一０七號分公司最不起眼的銷售員，然後莫名其妙地因為自己大學時有修過考古，而被調到了總公司，然後又莫名其妙地被派去監督夜軒院長的挖掘工作，不但每天要累死累活地兩邊跑，最近還常常精神恍惚，今天居然口吃。

最可怕的是得罪了家裡那隻母老虎，恐怕，晚上又要睡客廳了。

無精打采的他，輕輕地叩響會客室的大門。

「進來。」有個蒼老的聲音緩緩叫道。

張克緊張地走進門，不管三七二十一地先行了個禮，這才敢抬起頭打量他。

其實每次見到皇甫三星時，他都會感覺很怪異。

這位老人在年齡上應該已經是超過七十歲了，但他的樣子看起來也不過才四十多左右，不怎麼帥，但是額頭突出，給人一種精明威嚴的感覺。

根據最近流行的面相學來說，這種人是會對自己癡狂的事物，付出全部的心血和努力的恐怖傢伙，他們甚至會幹出最令人不齒的事情。

「你來了？坐下來，哈哈，不用那麼拘束。」皇甫三星慈祥地笑著。

不知為什麼，張克總感到他盯自己的眼神裡，隱隱有一種激動和緊張，那種眼神不像在看人，倒像是在欣賞一件藝術品。

他站起身親自為自己斟了一盞茶，然後突然問道：「你知道安徽祁門的紅茶，一般的切片是幾公分嗎？」

受寵若驚的張克，頓時呆愣當場。

原來他竟然是來調查的！有沒有搞錯，公司什麼時候開始這種抽樣的知識考試了？可惡，竟然沒有人告訴過自己。

看來這次鐵掛了。

他像瞎貓一般，誠惶誠恐地答道：「哈哈，大概是二到三公分吧。[1]」

果然讓這位總裁失望了，他歇斯底里地衝張克大聲吼著：「有沒有搞錯！祁門紅茶又不是綠茶，怎麼可能有這麼大的切片。該死！這種常識的問題，如果是他的話，怎麼會不知道？」

過了好一會兒，他像不甘心地又問道：「那麼告訴我，安徽六安和金寨的六安瓜片，要怎麼區分真假？[2]」

---

1 祁門紅茶每一片不能高於零點六到零點八公分。

2 真的六安瓜片外形平展，每一片不帶芽和莖梗，葉呈綠色光潤，微向上重疊，形似瓜子，內質香氣清高，葉底厚實明亮。假的則色比較黃。

天哪！老子只是個小小的營業員，又不是公司的鑑定員，怎麼可能知道這種事情嘛！

張克一臉苦相的陪笑道：「把真的和假的分別泡一盞，喝過的話，就應該知道哪邊是真的了，哈哈，嘿嘿。」

真是佩服自己的應變能力，連這樣的方法也讓自己給想出來了，張克頓時大為得意。

「王，王八蛋！誰叫你泡的？如果是他的話，不！即使是一個最普通的鑑定員，也可以從顏色上分辨真假！」皇甫三星險些沒把心臟病給氣出來。

張克大是迷惑，總裁已經兩次提到「他」了，但那個「他」又是誰？和自己有什麼關係？看總裁氣急敗壞的樣子，張克突然明白還是少說些話為妙。

「最後問你一個問題。西湖龍井獅峰一帶的龍井茶炒製，在唐朝早期開始要用哪十種手法？[3]」皇甫三星用力地握著胸口，咳嗽著問。

「我，我不知道。」張克面紅耳赤地低下頭。

這時皇甫三星連生氣的力氣都沒有了，他衝張克揮揮手道：「算了，這件事看來還是急不得。你回去吧。」

「回去準備辭職信嗎？」張克有些沮喪地向門外走去。

皇甫三星突然又叫住他，「上次我給你的綠茶，你喝了沒有？」

張克點頭道：「喝了，就算是我這個外行也能感覺出一種清涼的感覺，味道實在不錯！」說完，他回味似的閉上了眼睛。

皇甫三星立刻緊張起來，「你喝完以後，有沒有什麼特別的感覺？」

「那倒是沒有，只是最近自己睡得不太好，而且常常作怪夢。」張克認真地想了想。

皇甫三星眼睛一亮，又突然地嘆了口氣，問：「你一個月的薪水多少？」

「連基本工資加上年終獎金，大概一萬五左右。」

「那好，我加你三倍薪水，夜軒那邊你不用去了，從明天起，你就當營業部的總監吧。」

張克難以置信地呆住了。

這是怎麼回事？對這麼差勁的自己，竟然又漲薪水又升職，難怪有傳聞說我們的總裁大人是個古怪的傢伙，哈哈，沒想到所謂的閒言閒語居然是真的。

感激得痛哭流涕的張克，退出會客室後，雖然感到莫名其妙，但還是掩蓋不住興奮的心情。

3 一般會按照階段分別採取「抖、搭、捺、拓、甩、扣、挺、抓、壓、磨」十種。

哼，臭娘們、臭副總監，總算是讓我騎到妳頭上了吧，哈哈，從今以後就看我怎麼整妳，以報我這麼多年來被妳欺壓的血淚仇！

想著想著，張克絲毫不在乎周圍那些同事們驚訝的視線，滿臉小人得志的表情，接著哈哈大笑起來……

□

楊俊飛走下飛機的時候，正好是上午。湖州的朝霞很美，美得令人恍惚。

將行李放進酒店，他打開了張冰影臨走時塞給他的資料盒。

黑色的資料盒裡厚厚的一疊，隨手將最上面的一張拿起來看了幾眼，楊俊飛的頭頓時大了起來。

那上邊用的是中文，滿滿的蠅頭小字，說的全是關於茶聖陸羽的生平。

——唐開元二十一年〈西元七三三年〉，陸羽出生在今天湖北天門的竟陵，但出生後不久就被父母遺棄，成了一個棄嬰。

陸羽從一個棄嬰成長為「茶神」、「茶聖」，離不開兩個和尚對他的照顧和支持，一個是竟陵龍蓋寺住持智積，另一個是湖州妙喜寺的詩僧皎然，前者是他的養育恩人，後者是他最知心的朋友。

在佛、道、茶合一的唐代，陸羽不僅與和尚為友，還與道士交好，其中有兩位道士很有名：一位是浮家泛宅於苕之上、留下了千古絕唱《漁歌子》的「玄真子」張志和；另一位是才貌俱佳、被譽為「女中詩豪」的女道士李季蘭。

除了和尚、道士，陸羽還是為人正直、風流儒雅的湖州刺史顏真卿的座上客，他們在湖州組織詩社，作詩酬唱，留下了許多諸如「水亭詠風」、「溪館聽蟬」、「杼山建三癸亭」和「樽亭聯句」等佳話。

陸羽之所以受到時人的尊重和後人的崇拜，主要在於他經過長期的考察和積累，在分析歸納了前人的茶葉知識，總結了當時人們的製茶、飲茶經驗後，創造性地「分其源，製其具，教其造，設其器，命其煮」，寫成了世界上第一部茶葉專著《茶經》，被人們尊為「茶神」、「茶聖」。

被耿湋譽為「一生為墨客」的陸羽，其學術成就不止一部《茶經》。

客居湖州三十二年，他不僅研究茶學，而且深入研究佛教經籍和湖州地方文史，不僅積極參加了顏真卿主持的《韻海鏡源》的編纂工作，而且編撰了《吳興志》、《吳興圖經》、《吳興曆官記》、《湖州刺史記》等志書和《顧渚山記》、《杼山記》等文章。

《湖州府志》的「凡例」中說：「湖郡有專志，肇始于陸羽。」

陸羽于唐貞元二十二年〈西元八〇四年〉冬終老於湖州，葬在城西的杼山之上。

近年來，湖州市不僅成立了「陸羽茶文化研究室」，而且修復了陸羽墓，三癸亭、青塘別業等古跡，從而再次成為中外茶人心中的一方聖地。

「一生為墨客，幾世作茶仙。」這是唐代「大曆十才子」之一的耿湋，對陸羽一生的評價……

楊俊飛頭大地揉了揉太陽穴，惱怒地一把將手裡的資料扔在地上。

有沒有搞錯，從前的任何任務都有明顯的主線以及目的，而這次的委託人不但令自己很不爽，就連準備的資料也莫名其妙。

要人也要耍出一點風度才對嘛，難道，這些資料是暗碼文？

所謂的暗碼文，是由許多沒有關聯的文章或者詩詞構成的，根據一定的規律跳過位元組將有用的詞語挑出來，就能從文中解析出自己需要的東西。

最簡單的是摩斯密碼，按照點與線的節奏不同，從而表示出不同的字母。

楊俊飛來了精神，又從資料的開頭一篇又一篇仔細看了起來。

——陸羽，字鴻漸，一名疾，字季疵。自號桑翁，又號竟陵子。生於唐玄宗開元年間，複州竟陵郡人〈今湖北省天門縣〉。

陸羽是個棄兒，自幼無父母撫養，被龍蓋寺和尚積公大師所收養。

積公為唐代名僧，據《紀異錄》載，唐代宗時曾召積公入宮，給予特殊禮遇，可見也是個飽學之士。

陸羽自幼得其教誨，必深明佛理。

積公好茶，所以陸羽很小便得藝茶之術。不過晨鐘暮鼓對一個孩子來說畢竟過於枯燥，況且陸羽自幼志不在佛，而有志於儒學研究，故在其十一、二歲時終於逃離寺院。

此後曾在一個戲班子學戲。陸羽口吃，但很有表演才能，經常扮演戲中丑角，正好掩蓋了生理上的缺陷。陸羽還會寫劇本，曾「作詼諧數千言」。

天寶五年〈西元七四六年〉，李齊物到竟陵為太守，成為陸羽一生中的重要轉捩點。

在一次與會中陸羽隨伶人做戲，為李齊物所賞識，遂助其離戲班，到竟陵城外火門山從鄒氏夫子讀書，研習儒學。

禮部員外郎崔國輔和李齊物一樣十分愛惜人才，與陸羽結為忘年之交，並贈以「白的烏」〈即白頭黑身的大牛〉和「文槐書函」。

崔國輔長於五言小詩，並與杜甫相善。陸羽得這位名人指點，學問又大增一步。

天寶十四年（西元七七五年），二十四、五歲的陸羽，隨著流亡的難民離開故鄉，流落湖州〈今浙江湖州市〉。

湖州較北方相對安寧。

陸羽自幼隨積公大師在寺院採茶、煮茶，對茶學早就有濃厚興趣。湖州又是名茶產地，陸羽在這一帶搜集了不少有關茶的生產、製作的材料。

這一時期他結識了著名詩僧皎然。

皎然既是詩僧，又是茶僧，對茶有濃厚興趣。陸羽又與詩人皇甫冉、皇甫曾兄弟過從甚密，皇甫兄弟同樣對茶有特殊愛好。

陸羽在茶鄉生活，所交又多詩人，藝術的薰陶和江南明麗的山水，使陸羽自然地把茶與藝術結為一體，構成他後來《茶經》中幽深清麗的思想與格調。

自唐初以來，各地飲茶之風漸盛。

但飲茶者並不一定都能體味飲茶的要旨與妙趣。於是，陸羽決心總結自己半生的飲茶實踐和茶學知識，寫出一部茶學專著。

為潛心研究和寫作，陸羽終於結束了多年的流浪生活，於上元初結廬於湖州之苕溪。經過一年多的努力，終於寫出了我國第一部茶學專著，也是中國第一部茶文化專著——《茶經》的初稿，時年陸羽二十八歲。

西元七六三年，持續八年的安史之亂終於平定，陸羽又對《茶經》作了一次修訂。他還親自設計了煮茶的風爐，把平定安史之亂的事鑄在鼎上，標明「聖唐來胡明年造」，以表明茶人以天下之樂為樂的闊大胸懷。

大曆九年〈西元七七四年〉，湖州刺史顏真卿修《韻海鏡源》，陸羽參與其事，趁機搜集歷代茶事，又補充《七之事》，從而完成《茶經》的全部著作，前後歷時十幾年。

《茶經》問世不僅使「世人益知茶」，陸羽之名亦因而傳佈。以此為朝廷所知，曾召其任「太子文學」，「徙太常寺太祝」。

但陸羽無心於仕途，竟不就職。陸羽晚年，由浙江經湖南而移居江西上饒。至今上饒有「陸羽井」，人稱陸羽所建故居遺址。

直折騰到半夜，周圍鋪滿煙頭的時候，楊俊飛看完所有資料，也沒有找出絲毫的關聯詞。難道自己從一開始，尋找的方法和方向就錯了？

他沮喪地喝了口咖啡，一絲挫敗感油然升起。

沒想到自己這個解碼專家，也會有遇到難題的時候。唉，人果然不是萬能的。

就在這時，床頭的電話響了起來。

「大偵探，資料盒裡的東西都看完了嗎？」聽聲音，就知道是那個古靈精怪的紫雪。

楊俊飛沒有好氣地哼了一聲：「妳們給我的數據裡到底有什麼東西？幹嘛藏頭露尾的？」

紫雪明顯愣了一下，遲疑道：「那些東西很顯而易見啊，全都是關於茶聖陸羽的資料。也就是大偵探你這次的目標。」

「沒有其他的意義了？」楊俊飛狐疑地問。

「當然沒有。」

「哈哈，沒想到，真的沒想到。」楊俊飛不禁啞然失笑起來。

這些年自己在危險裡過習慣了，不論任何事情都會往複雜的地方想，真是聰明反被聰明誤啊。

紫雪被他突如其來的笑弄得莫名其妙，也沒有多問，只是道：「綁架陸平博士的組織傳了消息來，您的任務就是將陸羽連屍體帶棺材一起偷出來，到時候會有人接應您。

「根據那個組織提供的資料，陸羽的屍體現在應該被保存在皇甫三星位於城西的別墅裡。詳細資料馬上就傳給您！」

第二天一過中午，楊俊飛準備好必要的物品，跳上車就向夜軒的臨時研究所馳去。風刮在臉上，很乾燥，也很舒服。

嘆了口氣，他苦笑起來，沒想到自己這個國際知名的大偵探，真的要去做偷雞摸狗的事情，如果讓自己的那幾個朋友知道了，不被笑死才怪。

算了，既然已經決定接下這個 Case 了，那就做到底，再說自己也沒有那些無聊的正義感。為達目的不擇手段，這是人生存在世上，必須做出的決定。

否則，只能一輩子陷於平凡的生活裡，一輩子為衣食住行奔波忙碌，那樣的人生，真的會有快樂嗎？

何況，這次的報酬，真的讓自己很有動力。哼，不知不覺間，突然又想起了臨走前和張冰影說的那番話。

「那個笨蛋究竟是怎麼會和那種危險的組織搭上關係的？他雖然很令人作嘔，但還不至於笨到不懂得保護自己，不懂得與虎謀皮這個淺顯易懂的道理吧？」

張冰影的聲音立刻黯淡了下去，「那是七年前的事情了。」

她回憶著，「那時我們漂流到加拿大北面最荒涼的歐拉木鎮，因為我喜歡那裡的恬靜，就定居了下來。

「三個月後的一天，平照例出去釣魚，他總是喜歡當地愛斯基摩人的垂釣方法，你知道的，就是在凍結的河面的冰層上砸一個大窟窿，再放下釣線和餌的那種。

「那天，他過了下午三點也沒有回家，他從來就不會過了正午也沒回來的，因為那樣太危險了，強烈的太陽會把山上的雪融化掉，很有可能形成雪崩。我擔心他會出意外，便駕駛雪橇車出外找他。

「可哪想到他竟然呆呆坐在常去的那條河邊，眼睛一動也不動地盯著遠處的山看。我順著他的視線望去。原來真的發生雪崩了，但是很遠，不會危及到我們。

「我見他看得那麼入神，不忍心打擾他，也就陪著他看起來。只見遠處的冰山上，雪因為日照的關係而蜂聚地傾瀉下來。

「但是先流到山底的竟然是大塊的冰！它們砸到結冰的河面上，很快就將河面敲出了一個很大的洞。

「然後雪流下來了，它霸道地把方圓數千公尺都覆蓋起來，形成奪目的一片白茫茫。這時奇景出現了！河面那個大洞雖然也覆蓋了雪，但是因為水與雪溫差的關係，積雪開始不斷陷下去，形成了一個流華般漂亮的純白沙漏。

「我在心裡暗暗讚歎。這時平突然站起來像瘋了似的大聲叫道：『天！那個假設竟然是對的！可惡，這樣的情景為什麼要讓我現在才看到。嘿哈，我錯了，一切都錯了！沒想到那些理論全都錯了，這種東西竟然會讓我誠心信仰了那麼多年。

「『它在那兩個假設中，不過是一個注入了水的纖薄紙罩罷了！』

「平激動地緊緊將我摟入懷裡，那張狂喜的臉上哭著、笑著、流著淚！

「對了！也就是從那天起，平不知道用什麼方法開始和那個組織交涉，最後成立了生命螺旋的實驗基地。」

「生命螺旋？哼，沒想到那傢伙離開了大學以後，居然還在進行那麼愚蠢的研究。」楊俊飛對那個搶走自己女人的罪人嗤之以鼻，「既然合作了七年，妳不可能不知道關於那個組織的事情。說出來聽聽！」

「我真的不知道，就連名字也不清楚。只感覺那個組織對生命的再生，以及被動生命精神力很感興趣。平的生命螺旋研究就屬於生命的再生，所以那組織不遺餘力的在金錢以及物質上支持他。」

張冰影的聲音漸漸低了下去，「其實我並不怎麼在乎，平所謂的那個跨世紀最偉大的發明。只想和他繼續過從前那種安逸平靜的生活罷了。我要是早勸他和那個組織脫離關係就好了，至少他不會被綁架。」

張冰影的雙手緊緊地握在一起，每一次的回憶，都為她帶來巨大而又恐怖的壓力，就像自己又經歷了那一場刻骨銘心的痛苦一樣。

楊俊飛冷哼了一聲，很不服氣地說道：「女人真是種奇怪的動物。如果根據妳說的，九年前妳離開我，是因為我待在實驗室裡，對妳很冷淡的話，那麼陸平那個傢伙呢？

「我不過只是待了三個月，而他一待就是六年多，然後更奇怪的是，在這六年裡妳居然沒有見異思遷！」

「俊飛，你不懂愛，一直都不懂。」張冰影挺起胸脯，直視著他的眼睛驕傲地說：「曾經有人形容過，二十二歲的女人就像一顆氫氣球，當你一不小心鬆開手時，它就會飛起來，離你越來越遠，直到你再也觸摸不到的高度。

「可當時我已經二十五歲了，不再是那顆灌滿氫氣的氣球。三年的時間將我和平的感情磨練到了你難以想像的地步。」

楊俊飛惱怒地揮動手臂，突然又大笑起來，「什麼愛愛愛的！妳一天到晚只知道這個字！嘿，不過也無所謂，妳就要永遠屬於我了！

「一想到妳永遠也不能見陸平那王八蛋，不知為什麼，我的心裡就會莫名其妙地感到非常愉快。哈哈！」

看著張冰影用力咬著下唇，幾乎要哭了的樣子，楊俊飛就有一種快感。男人或許就是這樣的動物，自己得不到的女人，也不會讓對方好受。刺激她，甚至折磨她，像是這樣就會讓他被她傷害得傷痕累累的心，稍微平衡一點。

但，或許不是平衡，而是傷得更重吧，不過，誰又知道，誰又在意呢，最重要的是，他讓那個曾經最愛的女人痛苦，這就足夠了。

楊俊飛用力地搖了搖頭，努力將彌漫在眼中的悲哀甩掉，強迫自己冷靜下來。

雖然對於陸平被綁架一事自己曾有諸多揣測，不過有一點可以肯定的，那個組織一定知道他和陸平以及張冰影的三角關係。

綁架陸平，八成是為了逼迫自己接受他們的委託。

不過，如果真的如同張冰影所說的，那個組織有自己想像不到的龐大，那麼為什麼還需要透過自己出手呢？絕對沒道理，而且，實在太不符合邏輯了。難道是張冰影在說謊？

不對，他瞭解那個女人。張冰影是真的很關心陸平的安危，不像是裝出來的。

再看紫雪毫不費力就找到了自己的行蹤，他們背後確實是有一個龐大的組織在操控著，奇怪，實在是太奇怪了。

第六章 詐屍（下）

楊俊飛對皇甫三星的那棟古堡別墅並不陌生，紫雪傳給他的資料裡，有詳細的建築設計圖。

根據設計圖，他甚至比修建這棟房子的工人，更加瞭解這個房子的一切。別墅用的是電磁鎖，每隔五個小時，電磁鎖裡的密碼就會隨機更改一次。也就是說，自己拿到的鑰匙還剩下三個小時的有效期限。

不過對於自己這種級別的高手而言，偷出一個三百公斤重的屍體以及棺材，足夠了。

皇甫三星也真是個古怪的傢伙，他的別墅下，居然修建了一個三萬多平方公尺的地下室，也不知道用來幹什麼不法的勾當。

楊俊飛依靠敏捷的身手以及多年來出生入死的工具，迅速躲過守衛的勘查，順利進入了古堡大廳右邊的廚房。

根據那個組織給的方法，他打開火爐，又將它關上，如此規律的反覆了好幾次，身旁的冰箱突然緩慢地移開，露出了一個狹小的秘密空間。是台升降機。

「那老傢伙的嗜好滿古怪的，盡弄些華而不實的機關。」

楊俊飛頗有些小心翼翼地走了進去。

實在太順利了，總覺得有些不對勁的地方。他提起十二分的注意力，看著指示燈一格一格地向下閃爍，大約過了十多分鐘，電梯停了。

門緩緩向兩旁縮回去，露出一個碩大的空間來。

即使在昨天夜裡，楊俊飛已經無數次看過設計圖對這個地下室的描述，當真的處身其中時，才能發現這個鬼地方的龐大。

他仔細觀察著附近有沒有警衛走動的痕跡，許久，這才小心地走出電梯，用手扶住欄杆向下望去。

無數巨大的螺旋狀物體從地面上突出來，就像一個個張牙舞爪的巨獸，正準備擇人而食。楊俊飛不禁打了個冷顫，不知道為什麼，他總覺得心裡毛毛的，似乎有什麼危險的東西在下邊等著他。

他的第六感曾經救過自己許多次，但沒有一次像這樣突如其來。

有股寒意停留在後腦勺，令他全身的雞皮疙瘩怎樣也消不下去。

他用手在眼前揮了揮，地下室有恒溫系統，從指尖流動的風來看，溫度應該在攝氏二十六度左右。

這樣的溫度應該不會讓自己有冷的感覺。那麼，究竟自己在怕什麼？

嚥下一口唾液，楊俊飛決定下去看看，畢竟機會只有一次，如果什麼都不做就走掉，不但自己面子上過不去，弄不好還會被那群豬朋狗友嘲笑。

走進下到底層的電梯，門一開，就有股莫名的寒氣，甚或是陰氣迎面撲了上來，楊俊飛冷笑著飛快跑出去，然後用背貼牆，打量起了四周。

周圍空蕩蕩的，一個人影也看不到。

在這個有幾萬平方公尺的空間裡，沒有任何聲音，也似乎沒有任何生物，恍如鬼域，只有零星的昏暗燈光刺破黑暗，讓人稍微感覺到自己還留在人間。

不遠處，螺旋的正中央儼然有一根中空的水晶針。

針並不高，穩穩地架在一堆閃爍的儀器上，遍體晶瑩，看起來應該是控制室之類的房間。

楊俊飛深吸了一口氣，緩慢地朝那個地方移動過去。

不安的感覺越來越濃烈了，究竟這裡有什麼？為什麼會令自己這個早就已經不把生命當回事的人害怕，那是一種出於人類最深沉潛意識中的恐懼，就像老鼠在天性上就害怕貓一樣，似乎在前邊，就在前邊，有一個帶著陰寒氣息的東西在守株待兔，等待著他慢慢掉進陷阱裡。

有好幾次，楊俊飛幾乎都要轉身離開，放棄這次行動了。

但是每一次都莫名其妙地在心底燃起一股好奇，那種無法抑制的好奇，迫令他不斷地向前走，雖然慢，但確實身不由己地移動著。

就在要走到控制室時，有個沒有關門的房間，出現在他眼前。

那是最拐角的房間，很大，似乎是研究室。

房間的正中央擺著一具灰白色的石頭棺材。棺材附近橫七豎八地倒著三個人，兩男一女，不知道是死了還是活著。

楊俊飛走進去，用手先試探了一下那個看起來只有十七八歲的少年的鼻息，還有氣，看來只是暈過去而已。

他揚起頭望向棺材，奇怪，怎麼感覺很眼熟？他猛地掏出那個神秘組織給他的照片，然後，笑了。

簡直是得來全不費功夫，沒想到自己的目標居然就在眼前。楊俊飛開心地走到棺材前，正想將帶來的工具裝上去。

突然，他愣住了。

原本應該盛放著陸羽屍骨的棺材裡，居然什麼也沒有，只留下一層翠綠色的葉子。

「該死，看到有人倒在這裡，我早就應該想到了！」

他惱怒地幾乎要大罵起來。

該死，看來對這個死了有一千多年的茶道老祖宗的屍體，有興趣的人恐怕還真不止一個，竟然被人捷足先登了，失算！

牢騷歸牢騷，楊俊飛立刻在房間裡搜索起來。

不管是誰，他既然能潛進來，而且打昏三個人，偷走屍骨，做了如此多而複雜的手續，就一定會留下線索。

只要找出線索，順藤摸瓜，憑藉自己的關係網和大腦，即使他藏在北極的冰岩下，自己也能將他挖出來。

畢竟，能在這種守衛森嚴的地方自由進出的，除了內賊外，全世界就剩下寥寥可數的些許人了。那些人的底細，他碰巧都十分清楚。

沒有腳印，奇怪了，地上怎麼有一些碎屑？像是放了不知多久的布料，一碰就碎掉了。還有這些撒落在地上的防盜玻璃碎片，為什麼碎得那麼奇怪？

想到了什麼，楊俊飛猛地站了起來向石棺材裡望去。

突然，一個拉長的影子，從他的背後映到他身前的地板上。

楊俊飛突然感覺自己全身上下所有的肌肉以及關節都無法動彈了，甚至發出「咯咯」的響動。

那是在發抖！自己居然在發抖！他強忍著內心的恐懼，努力讓自己早已僵硬的脖子向後轉，希望能看到那個令自己害怕的人或者物體，究竟是什麼。

還沒等他看清，一股疼痛的感覺從脖子上傳遞到了全身，衝入了腦中。

大腦一麻，就什麼都看不見了……

不知過了多久，楊俊飛突然坐在一間既骯髒又喧鬧的破酒館內，他的手裡還端著一杯十分劣質的啤酒。

到底發生了什麼？他冷靜地思考著。

剛才自己似乎由於某種原因暈了過去，究竟是什麼原因？為什麼自己完全想不起來了？

這裡，是一間牆壁上貼滿法文彩報的酒吧。

窗外，已經是夜晚了。

外邊的世界燈紅酒綠，看得出是一個稱得上繁華的小都市。

這裡的建築物並不是十分高大，但是線條浪漫，顯示著濃厚的歐洲中世紀，那種已然登峰造極的建築風格。

酒館的斜對面還有一間不算大的展覽館，牆上亂七八糟的貼著手繪的海報，也不知道在宣傳什麼。

楊俊飛判斷不出這裡是什麼地方，但是有一點是有把握的，這裡絕對不可能是中國！

中國？自己什麼時候又去過中國？

突然，對面的展覽館裡傳來了很大的喧鬧聲。

有個西裝革履的男人，抱著頭慌張地從展覽館裡逃出來，然後躲進了這間酒吧裡。

「酒！快一點，給我最烈的那種！」那個紳士一屁股坐到櫃台前大聲吼道。

「又來了！」調酒師聳聳肩，將一杯暗褐色的雞尾酒遞給他。

這位紳士抓著酒杯一飲而盡後，用力捶打著桌子喃喃嚷著：「他們不喜歡我的畫！沒有人喜歡！為什麼？究竟為什麼！」

他的嘴角顫抖著，滿臉緊張絕望的樣子。

楊俊飛盯著他，突然覺得他很眼熟，像是在哪裡見到過！

「到底是在哪裡？哪裡？」他用手指點著桌角，在腦海裡飛快地搜索著關於這個人的資訊。不久，他激動地站起身來！他想起來了！這個人不就是，不就是……

楊俊飛強壓住內心的震驚，端著酒坐到那位紳士左邊，用法語問道：「請問，您是文森・梵谷先生嗎？」

那位紳士明顯還沒有從打擊中清醒過來，緊張地問：「您，您也是來辱罵我、打我、砸我的畫嗎？」

「什麼，我為什麼要這麼做？」楊俊飛一愣，突然明白過來！天哪！現在自己竟然處身在一八八九年的法國南部城市阿爾。

根據他看過的《梵谷小傳》，文森・梵谷曾經數次展覽自己的作品，但最糟糕的一次是在一八八九年三月的阿爾。

不習慣印象畫派的文明人，憤怒地將他畫展中所有的畫都砸得粉碎，許多人更不解氣地揚言要將他變為殘疾人士。

記憶裡那件事，應該發生在梵谷被美術學院退學，輾轉到巴黎，住在弟弟西奧的公寓，並結識羅特列克、貝納、畢沙羅、高更等畫家以後吧。

那這麼說，楊俊飛突然一驚！對了，如果真的是這個時段，那麼再過十六個月，梵谷就會用手槍自殺了！

但是，自己剛剛不是在中國的湖州嗎？難道這是在夢裡？他用力捏了自己一把，好痛。不是說在夢裡，人不會感覺到疼痛的嗎？那到底自己是在夢裡，還是在現實中？

楊俊飛嘆了一口氣。看著梵谷那可憐萎縮的樣子，自己或許可以幫他一些什麼小忙吧。即使那只是在夢裡。

「我一直都很喜歡你的畫，可以賣給我一幅嗎？」不假思索的，楊俊飛說出了一句可以讓全世界的史學家跌破眼鏡的話。

「什？什麼！您喜歡我的畫，還要買它們？」梵谷因驚訝而張大了眼睛，他幾乎不敢相信自己的耳朵了。

「對！我想買您的畫。可是您知道，我的錢並不多。所有就買那幅『鳶尾花』好了！」楊俊飛裝出很可惜的樣子。

他滿腦子的壞水，剛才也暗自搜了全身，很明白自己身上可以在這個時代流通的貨幣，根本是一個子兒也沒有，而且他也完全沒有想過付款的問題。

只是希望憑藉自己的三寸不爛之舌，挖空心思、想方設法讓梵谷把畫送給自己。

不過他故意忽略了一個事實，「鳶尾花」的確是梵谷著名的代表作之一，它被認為是梵谷在黃色小屋裡畫的最後一幅充滿律動及和諧感的畫，而在一九八一年被日本人以大約一百二十七億日圓的天價買走。

現在它的價值更高達了四億美元，是歷史上價格最高的一幅畫。

可惜這幅畫是在一八八九年五月完成的，即使是梵谷，也不可能知道自己會在兩個月後畫出這幅畫吧！

楊俊飛無法判斷自己究竟是不是在作夢，如果真的是夢的話，夢裡的梵谷應該不會有那麼清晰的辨別能力才對。

但是，梵谷居然愣愣地問道：「『鳶尾花』？那是什麼？我從來沒有畫過！」

「那您身邊有什麼畫？像『向日葵』或者『迦賽醫生像』？」楊俊飛不甘心地問。

「那些畫我都放在黃色小屋裡，離這兒太遠了！所以，請您跟我來。」梵谷離開櫃台，帶著楊俊飛走進展覽館。

這個不大而且簡樸的地方，現在就像打了一場大仗般，到處都是滿地狼藉。

梵谷從門後的地毯下，拉出一幅畫說道：「現在就只剩下這一幅了。是我看情況不太好時偷偷藏起來的。我叫它『紅色葡萄園』。」

楊俊飛饒有興趣地審視著，這幅用藍色碎花布包起來的畫。

手法看來是梵谷慣用的深遠空間感，而且用紅色來描繪葡萄樹，很具表現性。

突然，他發現了一個有趣的地方，問道：「為什麼你要把阿爾農婦，畫成布列塔尼亞地方的裝扮呢？」

梵谷讚賞的哈哈笑道：「你不覺得這樣更能襯托出這些婦女的勤勞嗎？」轉過頭，他驚奇地發現那個一直跟自己說話的年輕人，和自己的畫竟然都不見了。

「我的畫被偷了！」梵谷快速衝出門，搜索著楊俊飛的身影。

可是他看到的只有萬籟俱寂的夜，和繁華的街道上來去匆匆的人影。

文森・梵谷沮喪地向回家的路走去，這一天實在發生太多事情了，讓他真的覺得累了！不過他一向都是個樂觀而又熱情如火的人。不久後他就笑起來，大笑，笑得眼淚都出來了。

「哈，沒有想到居然會有人偷我的畫。看來我漸漸已經有一些出名了吧。我的畫應該也有些價值了，至少有被偷的價值！」

他喃喃自語道：「努力！這幅畫，嗯！就當是被賣出去的第一幅吧！」

唉，史學家和那些文森・梵谷狂熱的畫迷們，恐怕永遠也不可能知道的是，那幅極有紀念意義的畫——「紅色葡萄園」的買方，並沒有花四百法郎……

有個傢伙在夢裡，將他們認為是梵谷生前唯一賣出的作品，沒有花一個子兒的拿走了。

不過更不會有人想到的是，「紅色葡萄園」的買方並沒有發大財，因為他此刻正飄浮在黑暗的、有些黏稠的虛空中。

楊俊飛努力地讓自己保持在冷靜狀態，雖然他很驚訝，自己為什麼會突然到了這種地方。

四周沒有任何光線，同時也聽不到任何聲音，就算是在極靜狀態下，必然能聽到的心跳聲似乎也停止了！

但自己還可以明顯的感覺到它的跳動，但是卻聽不見！為什麼？是因為沒有傳播空氣的介質嗎？那麼現在自己正呼吸著的又是什麼？抑或是自己已沒有呼吸了，而一切都只是自己的錯覺而已……

疑問一個接著一個竄入腦子裡，楊俊飛幾乎要瘋掉了。

突然一陣驚天動地的巨響席捲過來，他向極後方望去，頓時全身像有電流通過似的呆在當場。

極遠處，印入眼簾的是一幕令他這輩子難以忘記的景象。

只見這個看似無限大的空間，在遠處被猛地一分為二。

裂縫不斷增大著，像一張巨大的、恐龍的大口，它將身旁的空間、身旁的黑暗無情地碾碎，它轟鳴著向自己鯨吞而來，但楊俊飛卻只能眼睜睜地看著它逼近，絲毫想不出任何逃脫的辦法。

這種討厭的感覺是那麼的令人絕望！

楊俊飛大聲吼叫著抒發著自己的恐懼，他甚至閉上了眼睛！但是這個龐然巨獸似乎並沒有對他造成任何危害。無盡的黑暗閃過，奇景又出現了。

他依然飄浮在空中。

不過卻是實實在在的天空！陣陣風吹拂過臉頰，他不禁往下望去。

黃沙正滿天飛刮著，碧藍如洗但又略顯淒涼的天空裡，炎熱得可以將鮮肉烤熟的烈日，瘋狂地升起在偏東方的遠處。

沙雲密佈，令視野模糊不清起來。

楊俊飛隱隱可以看到，沙漠裡散亂地傲立著一些淺黃色的聳起物。仔細打量後，他驚奇的發現，那些竟然是只有撒哈拉才有的胡夫金字塔！

這裡，是埃及？

他突然不明白自己作的這個莫名其妙的夢，究竟有什麼意義了……

努力想了一會兒，楊俊飛啞然失笑，自己居然想去瞭解自己無聊時作的夢，這樣的舉動本身就是沒有任何意義的。夢如果真的存在意義的話，那就不是夢了。

既然明知道是夢，那就盡情欣賞好了，雖然這個夢實在是清晰得有些過頭了。處在這個第二夢中的他，只能在空中默默地看著，什麼也接觸不到，很是沒有趣味！

楊俊飛有些惱怒地向上方望去，頓時，一幅令他目瞪口呆的景象展現在眼前。

自己的上方並沒有天空的延續！沒有平流層，沒有臭氧層，沒有熱層，當然也沒有星空。他看到的赫然是另一個時間，另一個地點。

楊俊飛感覺自己像是頭朝下在空中懸吊著。

自己能俯瞰到的是一座巨大的城池。

這個城池規劃得四四方方，一層接著一層有著十分緊湊的結構。

是夜晚了。

一輪斜月懶散地將冰冷的銀色光芒普撒在大街小巷，他注意到，有許多人家的大門都敞開著，顯然是對當時的治安很有信心。

然而最顯眼的，卻是聳立在市中心與南郊區的兩座高塔。

一座是樓閣式樣的青磚塔，造型莊嚴古樸。

而另一座塔身，顯然是採用密簷式樣方形磚瓦結構，樣子看起來非常秀麗玲瓏。

這兩種特殊的構造，當然難不倒對古代建築頗有研究的楊俊飛。

他立刻判斷出了現在處身的位址與年代！

「這是長安！是唐朝開元盛世時的長安！」一向處變不驚的他，也開始大捂其頭了。

史書上大量記載著唐朝唐玄宗前期，人們的生活水準和城市治安，達到了空前的水準，人民安居樂業、夜不閉戶。

但是這個可以讓史學家瘋狂的時代，在現在的他看來，卻又顯得詭異！

他似乎就像漢堡一般，被夾在兩個時空中央。

身體曝曬在撒哈拉大沙漠，而頭部卻屬於中國的盛唐！

嘿，說出去絕對不會有人相信，恐怕還會被送到精神病院吧！幸好這只是個夢而已，醒來就好了。

頭腦變得更加混亂，越是說不想，越有千頭萬緒擠壓的楊俊飛，氣也喘不過來。

就在他苦苦掙扎的同時，空間又開始變幻起來。

黑暗！這次依然是黑暗。

沒有光，但遠處卻有細微的聲音。

楊俊飛突然發現自己其實是可以移動的。

手腳整齊揮舞，可以讓自己稍稍前行。

阻力非常大！有些像在黏稠的石油中游泳一般，使行動變得異常困難，但是這樣也讓楊俊飛好受多了。畢竟一動也不能動的感覺實在不怎麼舒服！

有光點在前方亮起來。

細微的聲音開始變大了！越來越大，最後形成了震動耳膜的巨大洪流。

光點變化著，在接近自己時，變成了無數個細小的存在。

突然，楊俊飛的眼前豁然開朗。

眼前是一個寬敞明亮的教堂，教堂裡空蕩蕩的，只有講義桌前站著三個人。一男一女穿著雪白的禮服和婚紗。

「陸平先生，你願意娶張冰影小姐為妻子，並且不論貧困，疾病，痛苦，都會永生永世的愛著她嗎？」

在這個高大的教堂裡，似乎正在進行一場沒有任何人參加的婚禮。

陸平和張冰影靜靜地站立著，他們對視一眼，臉上浮現著剛毅的微笑。

「我願意。」陸平肅然地點頭。

「那麼張冰影小姐，妳願意嫁給陸平先生嗎？並且不論貧困，疾病，痛苦，都會永生永世的愛著他？」牧師問道。

站在他們身後的楊俊飛，再也無法保持大腦的平靜，他無法再去理會現在的自己是不是只是在一個夢中，七年了，他無時無刻不在想，如果自己在陸平和張冰影的婚禮上，自己究竟會怎樣？

就算只是在夢中也好，他會打掉自己那個最好的朋友的下巴。

楊俊飛不斷叫著，揮動著手，甚至想把牧師那張可恨的嘴捂起來。

但這一切都只是徒勞而已，沒有任何人注意到他的存在。

「我願意。」張冰影輕輕地說。

頓時，楊俊飛感到頭腦爆開了，就在這一刻，他突然覺得自己再一次地失去了這個他最愛的女人，失去得那麼刻骨銘心。

該死！這種可恨的時空，這種該死的狀態。

他竟然什麼都做不了，什麼也不能挽回，只能眼睜睜地注視從前的歷史，以另一種方式將似真似幻的真相展現到自己眼前，看著張冰影再一次離他而去，那種無力的心痛感，刺激得楊俊飛幾乎要發瘋了。

他狠狠地敲了敲腦袋，突然間，整個時空又變幻了。

眼前一黑，接著一亮。

他徹底清醒過來……

第七章 失竊

我第一個清醒過來，摸了摸到現在還隱隱作痛的後腦勺，大腦逐漸擺脫了模糊不清的混亂狀態，變得比較有邏輯。

自己似乎被什麼打暈，暈過去之前呢？我似乎正在驚訝，但是，我究竟為什麼而驚訝？唉，頭痛，我還要好好想想。

就在我趴在地上冥思苦想順帶發呆的時候，倒在一旁的二伯父和夜雨欣也慢慢醒了。

二伯父那人精一起身，就瘋狂地向不遠處的石棺材跑去。

還沒等我反應過來，就聽見他一陣大叫，然後捂住胸口呻吟起來。

我急忙過去一把扶住他，連聲問：「怎麼了？」

「不見了，陸羽不見了。」

只見他面如死灰，全身都在顫抖。

我定了定神，朝石棺材望去。

果然，裡邊只剩下一層翠綠色的葉子。陸羽的屍骨，居然不見了。

夜雨欣也湊了過來，她似乎並不在意那位茶聖的屍體，只是望著那些不知名的茶葉發呆。

我向四周仔細的打量了一下，視線又再次聚焦在棺材上。地上，到處都撒落著防盜玻璃的碎片。

我隨手撿起一片，突然渾身一顫，急忙朝石棺材裡望去。

奇怪！實在太奇怪了。

我一邊看一邊緊皺眉頭，有個匪夷所思的想法，不禁從大腦中冒了出來。身旁的夜雨欣，使勁拉了拉我，低聲道：「小夜哥哥，棺材裡邊的葉子似乎有點不一樣了。」

我詫異地看了她一眼：「哪裡不一樣？」

「你自己看看，這些茶葉的顏色似乎變了。」雨欣疑惑不解地說。

我仔細一看，確實發現那些不知名的茶葉色澤變得黯淡起來，再也沒有剛看到時那種青翠欲滴的模樣。

「不算奇怪，或許是因為接觸到了空氣，產生了某種我們不知道的化學反應。」我不太在意地答道，滿腦子依然充斥著剛剛產生的那個想法。

如果那想法是真的，就意味著……不可能，絕對不可能，那實在是太詭異了。

「小夜哥哥！」

雨欣見我心不在焉，大喊了一聲，然後將雙手平攤開，放到我眼睛底下，「你再看看我手裡的葉子，左邊的是我暈過去前抓在手心裡的，而右邊則是我剛剛從棺材中拿出來的。如果真的是遇到空氣產生了化學反應的話，那你怎麼解釋現在的狀況？」

只見夜雨欣左手掌上的茶葉依舊翠綠，絲毫沒有黯淡枯黃的跡象。

我大腦一震，頓時什麼話也說不出了。

究竟剛才是什麼讓我們三人暈了過去？而在我們暈倒的期間，究竟又發生了什麼？是有人潛入了，偷走了陸羽的屍體？

不對，從現場情況看來，實在是有太多的疑點了！

我繞著石棺材走了幾步，突然踩到了個軟綿綿的物體，險些摔倒在地上。

低頭看了一眼，先是大吃一驚，然後邪邪地笑了起來。恐怕，線索被我找到了！

「繩子！繩子！」我找到繩子，然後開始蜘蛛似的編織木乃伊。

「這樣對待一個人類，特別是很帥氣的中年男人，似乎不太人道吧。」夜雨欣看到我將地上暈過去的人綁起來，有些猶豫。

我頓時嗤之以鼻，「用眼睛看就知道他是小偷，對小偷還管什麼人道不人道。妳看人家二伯父幹得多好，光在他腿上就纏了十八圈鋼絲。

「妳也別閒著，手也綁緊，不要因為這個中年老男人長得帥了一點，就故意製造讓他逃走的機會。」

聽著我們調侃，二伯父夜軒黑著臉，繼續拿鋼絲在那昏倒的男人身上捆了一圈又一圈，似乎對待的是一個殺他全家的仇人。

「但是，我們首先應該找警察才對。」夜雨欣還是有點困擾。

我笑了起來，「別犯傻了。如果真的交給警察，以他們立案偵察的速度，剛開始調查現場的期間，陸羽的屍骨都不知道被轉移到哪裡了。只要落入那些銷贓網路寬的黑市裡，立刻就能轉手，到時候還找得到個屁。」

夜雨欣撇了撇嘴，「我才不相信有人會出錢買那種鬼東西。」

「小夜說的沒錯。」夜軒抬起頭沉聲道：「日本人會買。當我挖出陸羽的屍骨時，第二天就有個匿名的日本人在黑市出價七千萬美元。

「他聲稱，不論賣的人用何種手段取得陸羽的屍體，只要擺在他面前，他就立刻付錢。這件事絕對不能讓警方介入，不然一切都完了。」

「誰不愛七千萬美元呢！」我用手輕輕拍了拍那個還在昏迷中的中年老男人的臉，「我們先讓他清醒過來，再舒服地聽他講講自己的故事。我對他的故事，突然很感興趣了。」

夜雨欣遲疑地問：「怎樣才能讓他醒過來？」

「很簡單。」我在飲水機上接了一大盆水，然後猛地潑到他頭上。

這個粗魯的方法很有效，只聽那傢伙呻吟一聲，緩緩睜開了眼睛。

楊俊飛醒了，他迷惑地看著眼前的三個人，大腦依然不太適應現在的環境。

他用力動了動，卻發現自己絲毫動彈不得，才明白自己被緊緊地綁住了。

一清楚現在的形勢，楊俊飛敏銳的眼睛，立刻不經意地從三個人身上掃了過去。

眼前那個十七八歲的男孩，正帶著一種古怪的笑意看著自己，那種笑很熟悉，他自己也常常會這樣笑，每次這樣一笑，就絕對有人會倒楣。

看來，這傢伙絕對不是什麼簡單的角色。危險！非常的危險。

男孩旁邊有個女孩，很漂亮，她望著自己的眼神裡有三分緊張，七分好奇。恐怕是個單純未經世事的大小姐。

最右邊的那個五十多歲的老男人，他的樣貌自己很熟悉，是夜軒教授。這次目標物名義上的主人。

看他咬牙切齒望著自己的樣子，大概是把自己當作偷竊陸羽屍體的盜賊了。

楊俊飛苦笑了一下，雖然自己確實算是，但並沒有得手，頂多當個未遂犯罷了。

奇怪，他們似乎並沒有報警，難道他們出於某種原因，不願意警方插手？

微一思索，楊俊飛喧賓奪主，首先開口道：「不用對我行刑，也不要對我用什麼下三濫的手段。我先聲明，陸羽的屍體在我到的時候已經不見了。」

「空口無憑，誰會相信你？你當我們是三歲小孩啊。」我嘲諷道。這傢伙，看來不笨。

「哼，為什麼類似審問的時候，差不多都是翻來覆去的那麼幾句，有點創意行不行，小夥子，你看太多連續劇了。」楊俊飛第二句就出言試探對方的底限情緒。

沒有任何反應，我只是淡然笑了笑，望著他道：「你是個聰明人，那麼就不用多說太多廢話了。

「用激將法搗亂我的情緒這麼老套的方式，任何三流的連續劇裡都有，難道你從來不看連續劇嗎？」

有趣的傢伙！楊俊飛突然很想笑，沒想到自己居然會在這種情況下，遇到一個可以和自己針鋒相對的人。實在不應該啊，那小子聰明歸聰明，不過還是嫩了點。

楊俊飛在自己的臉上，擠出一絲神秘的笑容，直直地看著我的眼睛，說道：「我是不是說謊你應該很清楚。你也發現了對吧，你一定也和我有相同的疑惑，棺材附近的玻璃，破碎得不太尋常。」

我望著他，哼了一聲，不語了。

被引起好奇心的夜雨欣，立刻抓住我的胳膊問道：「小夜哥哥，你們究竟在說什麼？」

二伯父夜軒也略帶興趣地望向我。

我苦笑一聲，指著地上的防盜玻璃碎片說：「其實，從剛才我就發現了一個不太正常的情況。這些破碎的玻璃，確實很有問題。」

「哪裡有問題了？我怎麼什麼都看不出來。」雨欣仔細地看著地上，然後疑惑的搖頭。

「關鍵是在石棺材裡邊。」我解釋道：「我來的時候就發現，整個棺材都被七公分厚的防盜玻璃櫃罩起來，在玻璃櫃裡邊，甚至滲透不了空氣。

「先把我們怎麼暈倒的事情擺在一邊不說，如果真的是有人潛進來了，打破玻璃偷走陸羽的屍骨的話，那麼玻璃的碎片就不可能只落在地上。

「在外力的影響下，棺材裡不論如何，也應該會落一些進去，可是你們自己看……」

我用力地拍了拍石棺材的邊緣，雨欣和二伯父湊過頭去往裡看了一眼，不禁驚訝地叫出了聲。

「發現了吧！棺材裡完全沒有玻璃碎塊。那就意味著……」我用力吞了口唾沫，用乾澀的嗓音說道：「就意味著，玻璃是從裡邊被打破的！」

所有人，包括被綁成粽了的楊俊飛，全都禁不住打了個冷顫，只感覺有股寒氣從腳底冒了上來。

「不可能，荒謬，太荒謬了。」二伯父夜軒搖著頭，臉色發白地說：「好歹我也當了二十多年的考古學教授了，什麼屍體古墳沒有見過！

「如果照你的說法，一個已經死去一千兩百多年的古人，居然活了過來，而且赤手空拳地將七公分厚的防盜玻璃打破，這事情即使是正常人都做不到……我不信，絕對不信！」

「死去一千兩百多年的人，當然是活不過來了。」我望著他的眼睛，淡然道：「但如果活過來的不是人呢？」

「不是人，那麼究竟是什麼？」夜雨欣的眼睛裡流露出恐懼。在這種詭異的情況下，即使是我都有種莫名的驚駭感，更何況是像她一般沒有經過什麼大風大浪的女孩子。

我努力的平復情緒，沉聲道：「二伯父，你不覺得奇怪嗎？從陸羽的屍身經歷一千多年沒有腐爛，還有那些墊在他屍體下一千多年的茶葉，那些不知名的茶葉不但古怪，而且還沒有流失任何水分，即使到了現在，依然像是剛剛才摘下來一樣。

「它的存在本身已經是一種不自然了。其實仔細想想，陸羽屍體上的一切，幾乎都超出了常規，就算他突然活了過來，恐怕也沒有什麼奇怪的。」

「確實沒有什麼奇怪的。有意思，聽了你的分析，我對這個 Case 越來越感興趣了。」有個聲音從我們身後傳了過來。

我猛地一回頭，居然看到那個一分鐘前還被綁得像個粽子似的中年老男人，正悠哉地站在研究室的門外。而研究室的門，不知道什麼時候被他關了起來。

那傢伙衝我眨了眨眼睛，得意道：「臭小子，想困住我，你還太嫩了。再見。」說完，就飛快地消失在了走廊的盡頭。

我看了一眼地上的鋼絲，嘆了口氣。

聰明的傢伙，居然故意讓我講出玻璃的事情，引開所有人的注意力，然後用特製的銼刀，不動聲色地將細鋼絲弄斷了。

哼，剛才自己明明搜遍了他的全身，真不知道他的銼刀到底藏在哪裡。

二伯父見打不開門，順手抄起一把椅子用力地砸了過去。我急忙阻止他。

「陸羽的屍骨確實不是那男人偷走的。」我輕鬆地說：「他也被打昏了，沒有時間作案。」

「但不可能就這樣放他走掉，說不定他知道些什麼重要的東西。」二伯父急道。

「以那個男人的能力，我們不可能抓住他的。放心，他絕對會回來找我。」我奸笑起來，從口袋裡掏出一枚戒指，輕輕的上下拋著：「前提是，如果這個東西對他很重要的話。」

對於一個男人而言，最重要的東西往往都是放在身上的。特別是在偷東西的時候，在只要失手就會遇到危險的情況下，那男人的無名指上，依然戴著這枚會礙手礙腳的戒指，那這東西，一定很重要。

哼，不過那個中年老男人，倒是讓我產生了興趣。

疑點又多了，沒想到一下飛機就遇到這麼多事情，臨行前二伯父說我會不虛此行，敢情帶著這層涵義啊。唉。頭痛。

究竟那具屍體到哪裡去了？

就算它是詐了屍，也應該有跡可尋吧。難道，除了那個男人外，還有一批盜賊？

視線突然掃到了什麼，我的眼睛頓時亮了起來。

在那個中年老男人倒過的地方，留著一個又扁又方，用藍色碎花布包著的東西。我打開一看，居然是一幅畫。

「這幅畫看起來怎麼那麼眼熟？」夜雨欣湊過頭來看。

我淡淡道：「這是梵谷的經典油畫，『紅色葡萄園』。哼，那個中年老男人真的有夠奇怪的，居然背了一幅畫出來偷東西。難道他今天不止偷了一家？」

「嗯，那個，請問一下。」夜雨欣紅著臉，突然道：「那個你口中的梵谷是誰啊？」

我頓時瞪大了眼睛，就像看到了外星人一般的愣愣望著她，吃驚得什麼話都說不出來了。

注意到我的視線，夜雨欣的臉更紅了，她一腳踩在我的腳背上，氣惱地說：「難道不知道他很丟臉嗎？人家從小就被老爸灌輸草木知識，有些東西不知道完全是正常的。」

這！這也叫正常？在現代這個文化速食時代，有誰不知道梵谷的畫。唉，瘋子叔叔不愧是瘋子叔叔，小時候不但折磨我，還把他的女兒當作延續，折磨到了現在。

我和二伯父對視了一眼，有些無奈地咳嗽一聲，解釋道：「梵谷全名叫做文森・

梵谷。一八五三年生於荷蘭的一個新教徒之家。少年時，他在倫敦、巴黎和海牙為畫商工作，後來還在比利時的礦工中當過傳教士。

「一八八一年左右，他開始繪畫。一八八六年到巴黎投奔其弟，初次接觸了印象派的作品，對他產生影響的還有著名畫家魯本斯、日本版畫和著名畫家高更。

「一八八八年，梵谷開始以色彩為基礎表達強烈的感情。他曾短暫與高更交往，後來神經失常，被送進精神病院。

「在經歷多次感情上的崩潰之後，梵谷於一八九0年在奧維爾自殺。他對野獸派及德國的表現主義有巨大影響。

「總之，梵谷一生為人敏感而易怒，聰敏過人，在生前他在許多事情上很少成功。

「其人生活不幸而且艱辛，可他卻隨時都有獻身給別人的愛、友誼和對藝術的熱情。

「在比利時當傳教士期間，他目睹窮人的艱難生活，決定以最大的熱情，幫助那些煤礦工人，他義務收容那些受重傷而垂死的礦工，希望以撫慰之詞和自我犧牲精神幫助弱者搏鬥，不過，他只幹了六個月就被解雇，原因是他對工作過分熱情。

「在短短的三十七年人生中，梵谷把生命的最重要時期貢獻給了藝術。

「他早期畫作愛用荷蘭傳畫的褐色調，但他天性中火一般的熱情，使他拋棄荷蘭畫派的黯淡和沉寂，並迅速遠離印象派，印象派對外部世界瞬間真實性的追求，和他充滿主體意識的精神狀態相去甚遠。

「他不是以線條而是以環境來抓住對象；他重新改變現實，以達到實實在在的真實，促成了表現主義的誕生。也就是說，一句話，他對於藝術界而言是個十分偉大的人，而且，他的畫也是所有畫家中，賣得最高價的。」

「那他當時豈不是很有錢，那麼有錢居然會選擇自殺，真是個怪人！」夜雨欣不屑地說。

「很抱歉，梵谷一生都貧困潦倒。」我舔了舔嘴唇，「他在世的時候，唯一賣出去的一幅畫就在妳手裡。據說買畫的人花了四百法郎。」

「那這幅應該是贗品了？」夜雨欣看著手中的畫。

我立刻點頭，「絕對是。如果是真品的話，那妳現在手裡至少捧著兩億美元以上。」

「不對。」

二伯父夜軒仔細看了看畫，突然驚訝得眼睛都泛出了白光，他使勁地將嘴裡分泌出的口水嚥下去，用顫抖的聲音道：「雖然我對畫的研究並不是專業級，不過，這幅畫似乎是真的！」

「不可能！」我全身一震，不由得喊出了聲音，「這幅畫的真品，現在應該保存在莫斯科普希金博物館裡。」

「誰知道哪？或許那個男人剛在普希金博物館裡偷了這幅畫，然後又跑到這裡來偷我的陸羽的屍骨。」二伯父苦惱地思索著。

「你認為這種可能性有多大？」我苦笑，「如果是你，你會背著一幅價值兩億美元的畫去偷東西？這樣既不科學，又妨礙行動，而且非常不符合像他那種聰明人的邏輯。」

「總之，我把這幅畫拿去朋友那裡檢查一番，到時候就清楚了。」夜軒嘆了口氣道。

也只有如此了，我望著這個偌大的實驗室，今天實在發生了太多的事情，多得我根本就找不到頭緒。

許多事情似乎都沒有聯繫，而且也更不符合邏輯。

比如說那個古怪的中年老男人，我似乎對他越來越感興趣了。

第八章 混淆的記憶

「醫生，最近我常常作一些古怪的夢，而且更奇怪的是每次醒來的時候，我竟然都不敢判斷那是不是真的只是夢！」

張克大大咧咧地坐在白色的醫療椅上，向自己的心理醫生詢問。

醫生認真地做了記錄，判斷道：「你的身體狀況並沒有任何問題，我看你是太累了，建議你先放下工作，到一些風景優美的地方散散心。

「還有，儘量要想一些讓自己覺得輕鬆的事情，過一段時間自然會好起來的。」

「但最近我還發現自己竟然開始有口吃的毛病。你知道我從小都是口齒伶俐的，可是現在只要我一緊張，就會結結巴巴地說不出話來。這到底是怎麼回事？」他苦惱地撓著頭。

「還是太累的緣故，你的精神太壓抑了。」醫生皺了皺眉頭，「等一下我開些安神藥給你，每天一片。如果下星期還有這種情況的話，那麼最好到醫院進行腦部掃描。」

回到家，望著空蕩蕩的家和如戰亂後的房間，張克大為懊惱。

看來倩兒還是沒有回來，難道那件事真的讓她很生氣嗎？哎，女人，真是越來越搞不懂這種生物了。

他稍微想了一下，坐到電腦前開始寫信。

倩兒：

妳好。

在妳掛斷電話後，全身都很冷。現在是二〇〇五年四月十日下午兩點四十九分，我在小草屋附近的網咖裡。

我沒有喝酒，但卻有了六年來第一次想抽菸的衝動。我買了一包菸，打開，拿起一根含在嘴裡。但是抓著打火機的右手，卻在不停地顫抖。

我害怕，害怕抽菸以後會更煩躁。

所以我走出去，買了一杯咖啡，喝了一口，然後決定寫這封信給妳。

我不知道妳為什麼不高興。咬了咬菸的過濾嘴，我變得不太靈光的腦袋歸納出了四點。

第一，是因為那天我無意識地喊出了「淼兒」這個莫須有的名字。

雖然這種可能性不大，我還是要澄清一點，那一看就是我沒有睡醒時的胡言亂語！

我以為妳也清楚，所以這幾天就沒有多加解釋，以為妳只是開我玩笑幾小時、幾天罷了。

但是，我不希望妳猜疑我對妳的愛，這種玩笑，我玩不起。

第二，是這幾天妳住在妳手帕交的家裡，那隻麻雀對妳說了些什麼？

抱歉我這樣說，我終於把打火機打燃了，網咖老闆在盯著我看，似乎覺得我有縱火的可能性，恐怕是因為我現在的臉色實在不好看吧。

雖然我現在的心情真的壞到想把這個網咖燒掉發洩一下。

嗯，怎麼說呢，請妳更相信自己，更相信我一點好不好？

我是個男人，也愛面子，但為了妳，我可以連面子都不要，去搞一些自己都鄙視的小動作。

愛上一個人，就是有許多的害怕和猜疑，我會怕妳回家不安全，會怕妳走在路上有危險，害怕妳工作時誰誰會欺負妳，總想去分擔妳的不快、煩惱和痛苦。

因為我覺得這是我的義務，所以只要不是我送妳回家的話，我就會很焦慮，會打電話一次又一次地確定妳是不是安全。

妳或許不知道，最近幾天妳掛我電話的時候，我都以為妳出了什麼事，差點沒去報警。

我知道妳是一個很容易受到別人影響的人。但是別人的意見和話不重要，真的不重要，最重要的是妳自己的看法，對我的看法。

第三，或許是妳的月事來了吧，如果真是這樣，告訴我，我會幫妳熬四物湯，這可是我最拿手的。

朋友說「愛情」這個詞的前身是「乞討」，我深以為然，但是我卻從來沒有實踐過。

現在我總算嘗到了箇中滋味，很多時候，都是我在祈求著妳來愛我。

我知道我們之間的感情並沒有想像中的堅定，但是我很清楚，妳就像我愛妳一般的愛我，一直都知道。

現在是二００五年四月十日下午三點二十九分。

我終於點燃了六年來的第一支菸。我把它含在嘴裡，又放到了菸灰缸上，我還是沒勇氣抽。

我對妳發過誓以後不再抽菸了，對妳的誓言，對我來說是絕對的，我有時真的太鑽牛角尖，太可笑了，對吧？

呼，心裡好沉重，就像萬斤重的石頭壓在了心臟的位置，重得我就連手指都沒有力氣抬起來。

還是感覺香菸的臭氣很刺鼻，看著煙嫋嫋升起，莫名其妙的會產生一種落寞感。

妳知道嗎？剛剛妳又掛斷我電話的時候，我正在咖啡廳裡。

我把電話湊在耳邊，一動不動地坐了半個多小時。

我摔壞了手機，折斷了金融卡，然後用左手撐住頭，突然很想哭。

求求妳，如果有什麼事情的話，請如實地對我說。

我是妳的男朋友，妳有什麼不能對我說的？對我有什麼不滿，說出來，我改。

不要什麼都不說，躲著我，不接我的電話，那樣什麼問題都解決不了，只能讓我難受過後，還是難受。

還記得妳哥生日那天嗎？當我向妳哥敬酒的時候，我本來想說，謝謝你這麼久以來對倩兒的關心，以後她就交給我了，我會讓她幸福！

我知道她身體不好，我知道她有許多不好的習慣，但是我會包容她，我會一直都在她身邊，陪她。

抱歉，可能是煙熏的吧，也可能是網咖的風沙太大，我哭了。

抱歉，有時候流一點眼淚也滿不錯的，對眼睛有好處，我真的希望我們之間更瞭解彼此一點，妳能更瞭解我一點。

不要對我沉默，我怕那種感覺，因為什麼都無法知道，也沒辦法猜測到。在那模糊不清的一片黑暗裡，我根本就無法動彈。

現在是二００五年四月十日下午三點五十五分。

我的手也開始僵硬，網咖的空調似乎沒有給我帶來絲毫的溫度。我只感覺很冷，冷得在發抖。

五年前，我沒有目標，懶惰，無止境地頹廢。我以為自己永遠都會在這個充斥著六十億人口的擁擠星球上，孤獨地一個人生存下去。

然後妳出現了。或許正是妳的出現，才讓我的想法完全改變。

然後我毫無理由，莫名其妙地愛上了妳，而且非常非常愛妳，遠遠超出妳想像地那麼愛妳。我希望妳待在我身旁的每一天，都會開開心心的生活。

所以當我看到妳工作後，那副憔悴的樣子，我真的很心痛。

我決定不再讓自己有後路，愛妳，分擔妳的一切，讓妳快樂。

我再次找到了生活的目標，我把妳當作自己心靈的支柱，讓自己產生一種向上努力的慾望，想讓妳過得好，開心，永遠。

不知道妳還記不記得，上星期妳去出差時，晚上打電話給妳，曾經在最後說，我愛妳。

請不要懷疑，我確實愛妳。我忍不住想把心裡的想法向妳宣洩。

雖然我好想，好想聽到妳也有一天，突然地對我說，妳愛我。或者在我再次求婚時，突然對我說，我願意。

但是我不會奢望那麼多，只要有妳在身邊陪著我，有妳鼓勵我，有妳關心我，能夠常常看到妳開心的笑容，一切都已經足夠了。

所以，求求妳，更愛我一點，好嗎？

我好想能夠擁有自己的事業，賺錢，讓妳痛痛快快地想怎樣就怎樣。我會給妳翅膀，讓妳飛翔。

兩個人之間，只需要我努力就好了，我實在不想再看到妳憔悴的樣子。

現在是二００五年四月十日下午四點二十五分。

第一支菸早就已經燃燒殆盡了，我點燃了第二支，湊到嘴前，抽了一口。好辛辣的感覺，我真的懷疑自己從前為什麼會喜歡抽這種玩意兒？如果感情就像抽菸那樣簡單明瞭的話，妳我都會快樂許多吧。

妳厭倦我了嗎？這是我能想到的第四點。

如果厭倦了，就坦白地說出來，給我一個痛快！不要把我吊在那裡，每天每日每夜都煎熬在痛苦裡，那種感覺，我討厭，也害怕。

妳說妳討厭腳踏兩條船的人，其實真正討厭腳踏兩條船的人是我，也是我永遠都不會做到的事情。

對我而言，所有的精力加起來，也只能夠愛上一個人。

所以，在我求婚的時候，不要再對我說改天吧，這種不確定的詞語讓我痛苦，讓我想哭，感覺自己越來越不堅強了。

看到妳哥對妳那麼好，我真的很羨慕，也很不爽。我嘗試著比他對妳更好，更細心。我嘗試著一切，只要是為了妳。

現在是二００五年四月十日下午四點三十六分。

該說的都說了，等著被審判吧！無論妳是不是在考慮和我分手，我只希望一點，請妳確定我對妳的感情。

我說照顧妳、愛妳，所說的甜言蜜語，統統都是真的，雖然有些文學上的誇大，但是，確實是出於肺腑的。

如果還覺得我哪裡有做得不夠的地方，告訴我。

天氣冷了，小心感冒。我知道妳有花粉過敏症，小心一點，不要吃太辛辣的東西。

還有，妳太瘦了，多吃一點，我準備把菸扔進網咖附近的河裡。

或許妳會覺得我囉嗦，但是，我真的好害怕會失去妳。

當妳愛過，失去過以後，心絕對不會變得更堅強，而是會更脆弱，我不知道，再失去一次自己最愛的人，究竟會怎樣……

Ichliebe Dich！現在是二００五年四月十日下午四點四十分。

恐怕，這是最後一次對妳說，我愛妳。

Your 克〈Maybe〉（西元 2005.04.10）

寫完信，把這封 Eamil 寄出去，張克揉了揉太陽穴，最近腦子不知為何總是混混沌沌。

趙倩兒和崔淼兒這兩個名字，總是會被自己混淆在一起。

究竟，那個崔淼兒是誰呢？唉，倩兒自從那天聽到自己叫淼兒這個名字後，就再也沒回家過，打她的手機也不通，頭痛。

張克確定似的翻開相簿，看著自己和最愛的人交往以來留下的回憶，時時癡笑，時時苦惱，似乎只有在這一刻，崔淼兒的名字才會暫時從自己的腦子裡抹去。

趙倩兒是自己五年前認識的，那時候自己還在荷蘭讀大學。說起來，他們的相遇以及相戀，充斥著大量的浪漫、震撼性、戲劇性、以及偶然性。

是啊，時間，已經過去五年了。記得五年前的那天，他正在聽一首歌，

Look for someone？

Someone to fall in love？

There is no CHOICE but step into the Love Escalator！

歌迴盪在耳朵裡，張克的心情卻並不好。老實說，他，失戀了。

就在他失戀的第二天，他在圖書館偶然遇到了一個女孩子。看背影，就像班上的某個人。於是便走上去拍了拍她的肩膀說道：「喂，怎麼妳又不去上課？」

那女孩轉過頭來，驚詫地望著張克，那一瞬間，他呆住了。

她或許不是一等一的美女，但卻讓他確確切切地聽到了自己的心跳。

那是他有生以來的第一次心跳，或許對於他而言，她就是個百分之百的女孩。

從看見她身姿的那一瞬間，張克的胸口便如發生地鳴一般的震顫，口中如沙漠般的沙沙作響。

「Are you Chinese？」張克強忍著內心的激動問道。

「嗯。」女孩點點頭，表情還是一樣的驚詫。

他笑起來，回望著女孩的雙眸，腦中亦同時沒有緣由的冒出了一個故事。

一個是從「很久很久以前」開始，而以「你不覺得這是個悲劇嗎」結束的故事。

「喂，可以講個故事給妳聽嗎？」張克完全不理會她的詫異，一個勁地講起來……

很久很久以前，有個地方有一個少男和一個少女。少男十六，少女十六。

少男英俊，少女漂亮，他們的內心像隨處可見的孤獨而平常的少男少女。但兩人卻一直堅信，世上某個地方，一定存在百分之百適合自己的少女和少男。

是的，兩人相信奇跡，而奇跡果真發生了。

一天兩人在街頭不期而遇。

「真巧！我一直在尋找你。也許你不相信，你對我是百分之百的男孩，從頭到腳跟我想像的一模一樣。簡直是在作夢。」

兩人坐在公園長椅上，手把手，百談不厭，兩人已不再孤獨，百分之百需要對方，百分之百已被對方需要。而百分之百需要對方和百分之百地被對方需要，是何等美妙的事情啊！這已是宇宙奇跡！

但兩人心中掠過一個小小的，的確小而又小的疑慮：夢想如此輕易成真，是否就是好事？

交談突然中斷時，少男這樣說道：「我說，再嘗試一次吧！如果我們兩人真是一對百分之百的戀人的話，肯定還會有一天在哪裡相遇。下次相遇時如果仍覺得對方百分之百，就馬上在那裡結婚，好嗎？」

「好。」少女回答。

於是兩人分開，各奔東西。

然而說實在話，根本沒有必要嘗試，純屬多此一舉。為什麼呢？因為兩人的的確確是一對百分之百的戀人，因為那是奇跡般的邂逅。

但兩人過於年輕，沒辦法知道這許多，於是無情的命運開始捉弄兩人。

一年冬天，兩人都染上了那年肆虐的流感。在鬼門關前徘徊幾個星期後，恰恰那一段記憶喪失殆盡。

事情也真是離奇，當兩人睜眼醒來時，腦袋裡猶如D・H勞倫斯少年時代的貯幣盒一樣空空如也。

但這對青年男女畢竟聰穎豁達且極有毅力，經過不懈努力，終於再度獲得了新的知識、新的情感，甚至愉快地去了國外。

啊，我的上帝！這兩人真是無可挑剔！他們完全能夠換乘地鐵，能夠在郵局寄信。並且分別體驗了百分之七十五和百分之八十五的戀愛。

如此一來二去，少男二十，少女二十歲了。時光以驚人的速度流逝。

二月一個晴朗的早晨，少男為買一罐可樂而沿著學校的走廊向東走，少女為去上網而沿同一條走廊由東向西去，兩人恰在圖書館門前失之交臂，失卻記憶的微光剎那間照亮兩顆心。

兩人胸口陡然悸顫，並且得知，她對我是百分之百的女孩；他對我是百分之百的男孩。

然而兩人記憶的燭光委實過於微弱，兩人的話語也不似四年前那般清晰。

結果連句話也沒說便擦身而過，消失在人群中，永遠永遠。

「妳不覺得這是個悲劇嗎？」

女孩笑了，超出張克想像地說了一句：「這是村上春樹的小說《遇見百分之百女孩》吧，不錯，虧你在一剎那間改得這麼精采。」

「妳也很聰明。」張克也笑了。

「這沒什麼，我甚至還知道你下一句話會說什麼。你一定想說讓我們更改這個結局吧，呵呵，對嗎？」

「非常聰明。」張克欣喜若狂，但如果知道她再下一句會說什麼，他絕不會這麼開心。

「那麼，我們就按照這個劇本所寫的那樣擦肩而過吧，當下一次我們再偶然相遇時，我們就交往吧。」她的眼中閃著狡黠的光芒。

哈哈，就這樣，張克再次失戀了。

他的第二次戀情，前後還不到五分鐘。

之後，他瘋狂地去尋找那個女孩。

最後張克從一個朋友那裡得知，她並不是這個學校的學生。

後來，他終於輾轉知道了她的名字——趙倩兒。

可是人海茫茫，錯過一次偶然後，就很難再有第二次偶然。

那真是個古怪而且異常厲害的女孩，那句拒絕的話也說得夠徹底。

還記得第二次失戀的晚上，張克作了一個可笑的夢。

他夢見自己在一個陽光明媚的早晨，又奇跡般的遇到了那個女孩。他的手裡拿著一束由玫瑰和綠葉組成的花束。

他笑著對那女孩說：「如果我們再次相遇，妳是否會選擇我？還是將再次選擇與我擦肩而過？」

或許真是因為那個夢鼓勵了張克，就這樣，生活平淡無奇地在不斷尋找和失望中過了半年，張克都沒有找到她，也沒有任何偶然發生。

他們之間的故事，似乎就這樣結束了。

又過了半年，那年年末，他實在不甘心一個人過元旦，準備到德國去找幾個朋友。但沒想到卻鬼使神差的心血來潮下，坐船到了比利時最繁華的城市布盧克。

怎麼說呢？布盧克的感覺很奇異，它不像大多數歐洲城市那樣充斥著一種憂鬱，而更像水都威尼斯和十六世紀的倫敦的結合。

它的街道下有不斷穿梭的旅船，而寬闊的街道上川流不息的是一輛輛高大的馬車，很有 Romantic 的味道。

他在那個城市遊逛了好幾天，這才慢吞吞地坐上了回荷蘭的火車。

再次鬼使神差的，當他走出火車時卻感到了一絲不對勁，因為對面的看板上分明寫著 Welcome to Luxembourg！

咦？呵呵，就那樣他因為坐錯了火車，在新年即將到來的幾個小時前來到了盧森堡。

張克原本就不是一個喜歡動用大腦的人，隨遇而安的心態讓他漫不經心，從從容容，冷冷漠漠，絲毫沒有搭錯的遺憾，又在這個第一次來的陌生城市裡閒逛。

「切，還差三十秒就十二點。沒想到一年居然過得這麼快！」

不知過了多久，夜晚來臨，月亮升到了天幕，他隨意地看看錶，淡然地走到附近的一個廣場上。

就在那時，四處都響起了鞭炮的聲音，四周亦充斥了煙花的顏色。

「Happy new year！」街上的人紛紛對離自己最近的人說出這句話，他們對親人說，對朋友說，亦對戀人說。

「Happy new year！」一群拿著煙花的孩子衝張克說，圍著他亂轉。

「Happy new year！」他答道，表情依然冷漠，但卻分明感覺到嗓子眼裡，有種不知名的熱度冒了上來。

找了家酒吧，張克卻意外地只要了杯巧克力霜淇淋。

是新年了吧，有煙花，有鞭炮，但他還是覺得少了些什麼。

對了，是自己感覺孤獨了吧！新年了，自己居然還是獨自一個人，看著紀元的四位元數位的最後一位元，十分科幻的又增加了一個數字。

雖然感覺很鬱悶，但他卻少有的不想喝酒，他似乎預感到了什麼，他不想醉。

這個時刻，不管盧森堡的啤酒有多濃多醇，也不會讓他有乾一杯的感覺。

或許，第六感不完全是女人的專利，男人偶爾也是會有的。

望出窗外，腦中縈繞的，卻依然是那個百分之百的女孩的事，那個叫趙倩兒的女孩，或許自己永遠也見不到了吧。

張克突然感覺很傷感，他苦笑著，再次告訴自己應該死心了。等他再次向窗外望去的時候，就在那一刻，從來不信緣分，不信世界上有神的他，從此變成了虔誠的信徒。

窗外，在那個煙花彌漫的夜色裡，赫然有個穿著單薄的纖影，安靜地站在生滿綠色銅銹的雕像下。

她在默默地看著那群嘻笑的少年點燃煙火……

若有所覺，女孩清澈的視線緩緩向張克移動，最後兩人的視線終於短兵相接！

女孩望著滿臉傻氣的張克，也呆住了。

那一剎間，時間彷彿停頓了，沒有了距離，沒有了喧鬧，剩下的只有他與她……

不知過了多久？百分之百的趙倩兒輕輕地笑了笑，百分之百美麗的微笑。

於是，張克，也笑了，傻笑。

那一刻，他的腦子中一片空白，只剩腦中不斷迴盪著的一首歌。

Look for someone？

Someone to fall in love？

There is no CHOICE but step into the Love Escalator！

還有兩個月，便又到紡櫻花盛開的時候了。

張克突然明白，米德布克的紡櫻花節到來時，他將不再孤獨了吧！

在記憶裡，也就是他們第二次相遇的那天，趙倩兒成了他的女友，沒想到時光如梭，一眨眼間，他們大學畢業了，回國工作了。

交往，也快四年了。

趙倩兒是自己此生最愛的女人，那麼，崔淼兒又是誰？

為什麼她的名字越來越頻繁地摻雜入自己的記憶裡，但是自己對她的生平卻沒有任何印象？她根本就不是一個在自己生活中的人，甚或者，她根本就是個莫須有的人物。

但是為什麼？為什麼自己總是忘不了這個名字，為什麼自己覺得似乎和她有過一段刻骨銘心的感情？

張克苦惱地捂住頭，他感覺大腦很痛，痛得幾乎要暈了過去。

他發狂似地將桌上的所有東西都掃到了地上，最後實在承受不住那種鑽心的疼痛，終於眼前一黑，向後仰倒了下去。

不知過了多久，他才醒過來。鼻子癢癢的，他隨手摸了摸，居然滿手殷紅的血。血，從鼻腔裡流出來，滿地。

張克嚇壞了，連忙又去了醫院。

「診斷已經出來了，你知道什麼是 Brain Death 嗎？」看著張克的大腦掃描圖，醫生沉默半晌才問道。

張克有一種不好的預感，他摸了摸鼻子，遲疑地搖頭。

「就是腦死亡。」這位中年醫生神色有些沉重。

「腦死亡是一個已經被嚴格定義，也因此具有明確所指的概念，它是指包括腦幹功能在內的全腦功能，不可逆永久的喪失。

「這一理論的科學依據在於，以腦為中心的中樞神經系統，是整個生命賴以維繫的根本，由於神經細胞在生理條件下，一旦死亡就無法再生。

「因此，當作為生命系統控制中心的全腦功能，因為神經細胞的死亡而陷入無法逆轉的癱瘓時，全部機體功能的喪失，也就只是一個時間問題了。換句話說，腦死亡開啟了死亡之門，生命從這一刻起已是窮途末路了。」

「你的意思是，我會死？」張克雖然有些神經大條，但並不笨，他為這個突如其來的噩耗，打擊得渾身都顫抖起來。

醫生搖了搖頭，有些無法解釋地說：「你的情況有些奇怪，很奇怪。就一般而言，無論從生理上還是技術上，全腦功能喪失的患者，已經不再是有生命的活人，雖然這時有機體的一些細胞還活著，然作為整體的人已經成為過去時，隨後將要發生的，就是通常所說的『生物學死亡』，也即心跳停止和各部位細胞的逐漸死亡。

「可是，你的腦細胞死亡速度比腦死亡緩慢，但是又比正常的死亡速度快很多。

「知道什麼是腦的正常死亡嗎？」那位安慰人的經驗顯然並不豐富的醫生，望著張克陰晴不定、面如死灰的臉，似乎想轉移到一個他自認為比較輕鬆的話題上。

「常人約有腦細胞一百四十億個。人到三十歲以後，腦細胞開始死亡，每天約死亡十萬個。

「其實中老年人的腦細胞雖然每天死亡，但在活動的情況下，每天都有新細胞產生。適宜的腦運動與腦營養，則新生的細胞會超過死亡的細胞……」

「醫生，我是得了腦癌了嗎？」張克用顫抖乾澀的聲音，很不禮貌地打斷了他的話。

那位醫生迷惑的搖搖頭，「這倒不是。你的情況更類似阿茲海默症，但卻有明顯的區別。阿茲海默症所伴隨發生的神經細胞螺紋蛋白質，AD7cNtp 可能會堆積在腦部，並且導致腦細胞死亡。

「但你的大腦裡的腦細胞，卻被一種不知原因的因素干擾，造成不斷的死亡。也是這種不知名的原因，讓你不斷的頭痛，而且產生嗜睡和作莫名其妙的夢。」

「究竟那個不知名的原因是什麼？」張克實在受不了這位白癡醫生的詳細解釋，對於一個事不關己的人長篇大論分析自己將來的死法，任誰也會變得神經質。

不過那位醫生顯然有很好的耐心，他緩緩道：「既然是不知名的原因，我當然不知道。」

張克突然感覺自己全身的力氣都消失得無影無蹤了，他無力地癱坐在椅子上，問：「我還能活多久？」

「你死不了，不過，恐怕有極大的可能會變成植物人。」
「那我的意識還能保留多久？」
「七天，如果按照現在的腦細胞死亡速度。七天後，你就會陷入長久的夢境裡。」
「七天？只有七天！」張克失魂落魄的喃喃重複道，像是想到了什麼，他突然神情一振，「七天！我想，或許足夠了！」

第九章 婚禮

從醫院走出來，張克憤慨的狠狠踢了身旁的招牌，還不解恨地在門前吐了一口濃濃的唾液。

那個該死的醫生，當張克向他提出要進行腦皮層的局部割除時，他竟然用看神經病的眼神盯著張克，然後毫不客氣地把張克趕了出去。

突然感到有一道熟悉的視線正在注視他。

張克抬起頭，竟然看見了倩兒！

她穿著藍色的百褶裙，纖細的腰肢靠在對面的牆上。

這個慵懶的美女，看起來今天倒是少有的精神奕奕。

「帥哥，有時間嗎？我們去約會怎樣？」她走過來笑吟吟地挽住他的手。

「妳不生我的氣了嗎？」張克小心翼翼地問道。

趙倩兒哼了一聲，「對不起。我已經完全不記得有誰在西元二００五年四月五日的中午十二點十三分零五秒的時候，在我面前叫過『淼兒』這兩個毫無意義的字了。」

看著目瞪口呆的張克，她「噗哧」的笑出聲來，低下頭罵了一聲傻瓜。

「那妳怎麼知道我在這裡？」的確很像傻瓜的他，撓著頭問。

趙倩兒沒有回答，只是問：「聽說你生病了？是什麼病？」

「沒什麼大不了的。」張克遲疑地回答道。

如果告訴她自己的腦子正在不斷死亡，而且有可能變成一輩子都會在夢中度過的植物人，她會不會一腳踹開自己，轉身走掉呢？

不知為什麼，自從知道自己的意識，就在幾天後會徹底消失後，張克變得敏感、膽小而且多疑起來。甚至以前大多自然而然就可以做到的事情，現在也變得相當困難了。

只聽倩兒緩緩地說道：「你不想說，那我就不問好了。」她拉過張克的手，突然臉上一紅，「我們結婚吧。」

張克震驚得差些掉了下巴。

從前自己也曾無數次厚著臉皮向她求婚，但她不是紅著臉輕輕搖頭，說時機還沒到，就是板著臉說改天吧，今天又為什麼會突然提出，而且還是她主動？

雖然頭腦混亂，但張克還是立刻想起了自己的狀況，他不想拖累自己這輩子最愛的女人。用力甩開她的手，張克別過身去對她說：「抱歉！我做不到。」

「我配不上你嗎？」趙倩兒神情沮喪地問。

他立刻搖頭，「不！是我配不上妳。妳不會明白的，像我這樣的人，根本就沒有結婚的權利。」

「我知道。」趙倩兒抓住他的手，努力要將一枚戒指套在他的無名指上，柔聲說：「你的主治醫生已經把所有的一切都告訴我了。

「我知道你是腦子在死亡，也知道你的記憶在不斷的消失，甚至會變成植物人。」

「那妳為什麼還要和我結婚？可憐我？」

張克再次用力地甩開她的手，歇斯底里地吼叫起來，一種被欺騙的憤怒油然而生。

「笨蛋！你還不明白嗎？我從前不接受你，是因為你不成熟，絲毫沒有上進心，只知道說一些好聽話來哄我，你的情書就是最好的證明，風花雪月的，浪漫色彩太重，一點沉穩的氣質都沒有。

「但是現在我不在乎了，我只知道愛你！我不要失去你！」

倩兒突然哭了，她流著淚，終於又抓住了張克的手，把那枚戒指緊緊地套在了他的手指上。

她深深地吸了一口氣，嬌軀顫抖的面對遠處的教堂說道：「我，趙倩兒，今年二十六歲。從今天起，我就是張克的妻子了。」

接著，她深情地望向他，眼中充滿了晶瑩的淚水。

張克呆立著，感動著，許久才略帶苦澀的微微一笑。

不管了，以後的煩惱，都讓它見鬼去吧！

他用低沉的聲音念道：「我，張克。雖然這二十七年來，一直都是個一無是處的蠢傢伙，但是當第一次見到倩兒時，我就有了兩個願望。一是要娶趙倩兒作為妻子，二是要做趙倩兒唯一的男人、最後一個丈夫！」

「婚禮結束！」倩兒抬起頭，強做歡笑道：「還有七天對吧！夠了。七天我們已經可以做很多事情了！」

不由分說的，張克緊緊地將她擁入懷裡，吻上了她激動得顫抖的淡紅嘴唇。

「仁慈的上帝，佛祖，菩薩，默罕默德。」他虔誠禱告著。「雖然我不是您的子民，但我至少是您創造出來的生命。

「請求您傾聽我這第一次、也是最後一次的祈禱吧。就算哪一天我真的失去了一切，也求求您不要讓我忘記倩兒，因為我決定了，我要永生永世的愛著她……」

老天，或許封閉了耳朵，也關上了眼睛。不知道腦死亡的徵兆是不是在加速，當晚，張克又作了個怪夢。

夢裡，他清楚地看到自己身處一個無處不飛花的季節。心裡莫名其妙的明悟到，那是湖州七月，苕溪的秋天終於來臨了。

「哈哈，夜夜憶故人，長教山月待。今日見故人，山月知何在？」

陸羽修剪著滿園的桂花，突然一陣熟悉的念詩聲，從身後傳來。

詩僧皎然興致勃勃地提著一袋茶種，正衝自己笑著。

「皎然兄，現在還是晌午，你的那個山月又怎敢出來露臉呢？」陸羽笑吟吟地停下手中的活，迎了過去。

皎然大搖其頭道：「非也。竟陵子你思想太死板了，大千世界無奇不有，說不定這圓月還在天空的某處，只是我們看不見罷了。」

「皎然兄教訓的是！」陸羽肅然道。

「唉，你果然很死板！」皎然大是無趣的說：「我說什麼你就信什麼。拜託你偶爾也要有自己的想法吧。」

陸羽眼角含笑地說：「但是去年皎然兄和我辯日的時候，不是才說過我太有主見了不好嗎？」

皎然頓時語塞，他嘿嘿地笑著，轉移開話題：「聽說你終究還是不願去當『太子文學』嗎？自古那個位置就是朝廷裡很多人大是眼饞的肥差呢。」

「麻煩你看看那邊。」陸羽向屋門指去。

只見那裡有個大牌子赫然寫道：「不羨黃金罍，不羨白玉杯。不羨朝入省，不羨暮入台。惟羨西江水，曾向金陵城下來。」

「好！好一個不羨黃金罍！我皎然佩服萬分。」詩僧皎然拊掌喝采道：「不過為什麼你要想到立這個牌子？」

陸羽淡然說：「最近崔子元那隊人幾乎都來問過我這個問題。我懶得一個個解釋，乾脆就寫下這首詞了。」

「崔子元嗎？」皎然眼睛一亮：「那個小子是從什麼時候開始不再記恨你的？」

「我忘了。」陸羽苦笑著搖搖頭。

皎然用力地拍了拍他的肩膀，「其實這也怪不得他。那時他總認為是你害死他妹妹，但是你真的沒有察覺到崔淼兒對你的情意嗎？」

「情意？」陸羽不由得想起了第一次見到淼兒時，她所念的那首詩。

「池晚蓮芳謝，窗秋竹意深。何人擬相訪，霜潔白蓮香。」

詩的後一段引自白居易的《池上清晨候皇甫郎中》，原本「何人擬相訪」的後邊，是該接「嬴女從蕭郎」的，但是這害羞的女孩終究不敢說出來。

「你和她之間，真的是一塌糊塗。」皎然不勝唏噓地感嘆道：「如果你們的感情再明確一點，如果不是崔國輔那老頭，太急於想把女兒嫁出去了……

「如果當時能有一方可以清楚地說出來，或許崔淼兒也就不會自殺了，那麼常伴在你身邊的，也不會是我這個永遠孤家寡人一個的醜和尚了。」

陸羽又是一陣苦笑：「天哪！我陸羽何德何能，居然有榮幸被一個和尚指點感情！」

詩僧皎然嘿嘿笑著，出奇的並沒有反駁。

一陣桂花幽香迎面撲來，陸羽深深地吸了一口氣。

「原來又快要七月十二了，是時候去掃淼兒的墳了吧。」

不知為何，突然有一種心酸的感覺。

他隱隱感到似乎內心深處還有一個女孩的名字，一個令人既懷念又甜蜜的名字。

她，是叫做倩兒嗎？

四天後，西元二００五年的四月二十二日。

一陣急促的鈴聲響起，張克，驚醒了過來……

The End

番外·同學會（上）

楔子

時間就是一條河，快慢徐急，對每個人都不同。徐正覺得自己的時間挺流暢的，比每天早晨的例行排泄都流暢。

小學，國中，高中再到大學，他的人生順利得令人髮指。今年大四的他，回到了老家春城，還帶回了一個漂亮的女友。兩人在家裡溫溫馨馨的走親訪友，很快便到了除夕夜。

那晚徐正拉著女友和老家朋友買了鞭炮、煙花，準備在農曆年將要過去的時候點燃，慶賀新的一年的到來。

「三，二，一！」隨著午夜降臨，十二點的臨近，廣場上陸續走來了許多人。大家都拿著煙花，緊張地等待著時間的流逝。廣場的巨大螢幕上正在倒數計時，終於，十二點的鐘聲敲響了，巨大的響聲隨著城外寺廟的轟隆鐘聲響徹了整個城市的夜空。

徐正和笑顏如花的女友打鬧著急忙用打火機點燃爆竹，一瞬間，整個廣場的爆竹聲不絕於耳。亮麗的煙花不但在天幕爆炸，綻放燦爛而又短暫的花朵。一道道五彩斑斕的光芒閃爍著，明亮然後熄滅。

就在這時，徐正突然感覺右耳朵一痛，似乎有什麼人捏了他耳朵一下。他猛地朝右邊轉過去，身旁，什麼都沒有。

廣場上人很多，但離他最近的朋友也在五公尺開外。女友在他的右側，正蹲著身子點煙花，不可能用手惡作劇似的捏他。剛才怎麼了？錯覺？還是天上沒燒乾淨的煙花落到了自己的耳朵上，給自己一種被捏的感覺？

徐正沒在意，繼續跟自己的女友玩鬧。沒過多久，他的左耳朵又被捏了一下，這一次捏得很重，徐正的耳洞裡甚至回響著轟隆隆的聲音，很痛。

「誰！」他再次轉身向左看，仍舊沒人在他身旁。離他最近的朋友也忙著玩，不可能特意跑過來拉自己耳朵，然後不被發覺地迅速跑回去。徐正揉了揉被扯得發痛的左耳，皺著眉頭。

女友抬頭疑惑地問：「怎麼了？」

「剛才有人扯我耳朵，都兩次了！」他撓撓頭，有些鬱悶：「不知是誰在惡作劇。」

「肯定是你哪個損友，乖啦，我幫你注意。逮到他後，隨便你扯他耳朵扯個夠！」漂亮女友踮起腳尖用手摸摸他的頭，安慰他。

就在這時，左耳又被扯了。這一次的力量更大，將徐正整個人都拉得重心不穩，跌在了地上。

徐正整個人都嚇呆了，坐著冰冷的石磚大聲吼道：「誰，給我滾出來。別鬼鬼祟祟地扯我。」

「阿正，你的，你的耳朵……」女友恐懼地指著他的左耳，聲音抖得厲害。

他隨手摸了摸，滿手的血。剛才的拉扯致使耳洞壁某個部位的毛細血管破裂了，血從耳洞裡流了出來，殷紅的血，在滿天空的煙花中，顯得特別刺眼。

徐正更加的驚恐又惱怒，歇斯底里地罵著：「誰他媽扯我耳朵，有種給我站出來，別狗似的敢做不敢承認。」

話音剛落，左耳再次被扯了一下。這次力量比上次大得多，坐著的他被活生生提著耳朵拉了起來，然後身體被甩到了幾公尺遠外的垃圾桶上。

如此詭異的狀況令廣場上剛剛還在看熱鬧的人目瞪口呆，有人嚇得一邊喊「鬧鬼了」一邊逃，有人一邊害怕一邊掏出手機拍照發微博。更多的人是鳥獸散了，徐正的朋友也嚇得不輕。其中一人畏畏縮縮地問：「小正，你，你最近得罪了哪路神仙，怎麼有個看不見的東西在搞你？」

「看不見？什麼看不見？」徐正腦袋一片混亂，他身旁沒人，但耳朵確確實實的被拉了三次，一次比一次重。究竟是怎麼搞的？耳朵痛到令他無法順利思考，他恐懼得要死，躺在地上，眼睛不斷地打量四周。

朋友和廣場上剩下的人將自己圍成了一圈，但都不敢離得太近。他的附近以人為造成了直徑約四公尺的空白空間。

突然，女友驚叫了一聲。徐正這次清晰地感覺到一股刺骨的陰冷蔓延到了耳朵上，薄薄的耳朵扇葉被兩根纖細冰涼的手指捏住，然後用力往上扯。

他慘叫一聲，整個人又被提到空中，然後重重地落了下來。這一次那股神秘可怕肉眼看不到的作用力沒有消失，一秒後，兩排整齊的，仿佛牙齒觸感的物體接觸到了徐正的耳朵。

女友尖叫得撕心裂肺，軟弱無力得快要暈過去了。他身旁的人也大驚失色。只見隨著他的慘叫，徐正的耳朵上出現了一個缺口，一個被整齊的牙齒咬出來的缺口。

不止耳朵，那副牙齒開始緩慢地在徐正的臉上、身上出現，將他咬得殘缺不全。

慘叫聲繼續著，響徹夜空。直到一個生命，莫名其妙的結束。

夜色更深了，濃濃的詭異氣息，充斥在冰冷中，遠遠散播了出去……

1

時間是很有趣的計量單位，它們跟人類的一切息息相關。人還未出生就被時間所衡量。每一段時間，都有著不同的人生。而往往指針流轉間，回頭看一看，剩下的全是感慨。

感慨於現在生活的勞累與艱難，感慨於學生時代的快樂、單純以及無傷大雅的小小糾結。

鐘錶能度量時間？不能，永遠都不能。它們只能度量自己。因為，鐘的客觀參照物永遠是另一個鐘。

夜不語看了看手腕上的錶，揉了揉痠痛的脖子。幾天前，他收到了一份充盈著飽滿懷念的郵件，是個陳釀在內心深處，發酵了很久的同學寄出的。她用很簡單的語句問候了夜不語，然後問他要不要參加同學會。

小學時代的同學會，夜不語從沒參加過，甚至已經遺忘了大多數人的模樣。可身為同桌的她，自己還清清楚楚的記得。她恬靜、安然，嘴角總是充滿甜甜的淡淡的笑容。她的聲音很悅耳，她總是留著齊肩的長髮。

她叫穆薇。

春城的冬天很冷，夜不語走出機場大門，又看了看手腕上的錶。早晨九點十六分，同學會的集合地點在城南一間還算不錯的自助餐廳，邀請函上的時間是下午六點半。還有九個多小時，很久沒回春城了，於是他決定在街上到處逛逛。

十年過去了，小學畢業後，不知不覺已經花掉了十年時間。他有些感慨，這十年間發生了許多事，夜不語的經歷非同尋常。普通人的經歷雖然枯燥按部就班，但每個人都有著自己的精采。穆薇這女孩，很有趣，不知道她過得怎麼樣。

她是個不甘平淡的人，或許，過得很不錯也說不定。

慢悠悠地在老家的大街小巷走來走去，時間不知不覺就流失殆盡。下午六點，夜不語提前去了那家叫薇薇安的星級自助餐廳。報了名字，餐廳服務員將他引到了一個偏僻的角落裡。

這家自助餐廳的裝潢很不錯，五彩繽紛的色調猶如綻放的煙花。菜的品項也挺多的，整個風格縈繞著一種淡淡的憂愁感。能將自助餐廳弄得這麼有格調，餐廳老闆應該也是個有故事的人。

沙發上已經坐著四個男女，夜不語簡單辨別後，認出了他們的身分。全是小學時比較要好的朋友，畢業後就再也沒有過聯繫。從左到右，分別是周陽、李華、趙瑩瑩和孫輝。而主辦人穆薇，則還沒到場。

「夜不語？」微微有些發胖的趙瑩瑩一身花俏的廉價裝束，尖聲捂嘴叫著：「你是夜不語吧。當初你就是我們學校的校草來著！哇，果然是越長越帥了！」

趙瑩瑩的音調有些婆婆大娘在街邊八卦的感覺，夜不語微微撓了撓鼻翼：「過獎了，過獎了。妳也變漂亮了。」

言不由衷的話倒是令這位從小學就沒有自知之明的女孩挺了挺過度豐滿的胸部，笑得令人一陣胃抽搐。

「坐下，快坐。」李華熱情地站起來招呼他，遞了一根菸過來。

「不抽，謝謝。」夜不語擺擺手。

李華嘿嘿笑了兩聲，「不抽菸好，我也不想抽，但實在是工作需要。小夜，十年沒見了，現在在哪高就？」

「還在讀大學，大四。」他一邊坐下一邊打量對面的四個小學同學。

「哪所學校？」周陽眼睛一亮：「我也讀大四，在附近的文科大學。」

「我在德國基爾大學，讀博物學，快畢業了。」夜不語回答。

「博物學是什麼？沒聽說過！」趙瑩瑩嘻嘻哈哈地貼到他身旁，替他倒了一杯酒，「有女朋友了沒？」

「還沒呢。」夜不語不著痕跡的稍微挪了挪位置。

「怎麼會沒有，你那麼帥的。」胖女人緊跟著他的移動而移動，「是不是要求太高了？」

面對這無比熱情的超重雌性生物，夜不語額頭上不由得冒出幾條黑線，他聰穎的頭腦沒辦法處理現在的突發狀況。唉，果然還是情商太低了。

「好啦，瑩瑩，妳就放過小夜吧。再這樣下去，其他人會吃醋的。」一個溫婉好聽的女孩聲音傳了過來，只見一群人正朝這邊走過來。最中間的一位女孩穿著單薄的白色連衣裙，如同百合花似的，笑顏流轉，給人撲面而來的清新味道。女孩的臉龐很美，化了淡淡的自然妝，披肩長髮輕輕地用得體含蓄的髮簪挽起來，露出了一大片雪白的脖子和胸部。

夜不語身旁的三個雄性的視線立刻被吸引了過去，如同鐵被磁石吸住似的，死都收不回來。

「穆薇。」趙瑩瑩激動地叫著：「好久不見了。」

「去年我們還在咖啡廳見過呢。」時間的痕跡令穆薇變得更加漂亮成熟了，她仿佛一朵盛開的荷花，帶著逼人的美麗和身處高位的氣勢。她先是衝夜不語微微點頭，招呼著所有人坐下後，自己這才坐下。

「小夜，我們又是同桌了。嘻。」不知是巧合還是故意，女孩笑嘻嘻地坐到他身旁，而且抽了抽小巧的瓊鼻，在他肩膀旁聞了聞，壓低聲音道：「你的味道，一點都沒變。還是那麼安穩。」

味道也能安穩？說實話，同桌時她也常常這麼對他說。可「安穩」這個詞放在她嘴中，究竟是動詞、名詞還是形容詞？這個問題，花了十年時間，夜不語也沒弄清楚。

「穆薇，妳越來越漂亮了。來，先敬妳這位東道主一杯。」周陽一眾男性見穆薇的眼神始終在夜不語臉側繞來繞去，不由得有些醋味地紛紛舉杯。

「我不怎麼喝酒，不過捨命陪君子了。大家慶賀十年後的相聚，先來一杯。」穆薇端起杯子，用恰到好處的笑容和大家碰杯。

夜不語習慣性地觀察了一下桌旁的舊日同學。這次一共來了二十一個人，相對於當時全班五十八個人而言，只是很小的一部分。對此，也有人同樣詫異。

喝了酒後，李華問道：「穆薇，這次來的人不多啊。」

「是啊，大家分散在大江南北，很難湊齊。就你們還給我面子，都來了。」穆薇笑道。

「怎麼突然想到開同學會？」趙瑩瑩眨巴著眼睛裝可愛：「對了，小薇。聽說妳結婚了？」

「對啊，我高中畢業就沒有再讀書。去年結的婚！」穆薇語氣很淡，似乎並不想涉及這類話題。

夜不語微微搖了搖頭，他已經猜到了眼前素潔清純的女孩，嫁給了誰。穆薇注意到了他的表情，小聲道：「我結婚了，對不起，沒有請你。」

「沒關係，橫豎我也知道妳不太想張揚這件事。」他聳了聳肩膀。

穆薇嘴角流出苦澀的笑：「我是有苦衷的。」

「是啊，妳確實有自己的苦衷。」他點頭，深以為然。女孩的家境一直都很差，父親早死，母親尿毒症，在生死邊緣掙扎。能讀到高中畢業已經很不容易了，幾乎不可能上大學，與其在社會中艱苦地糾結痛苦，還不如早點嫁人：「伯母的病好了嗎？」

「去年做了換腎手術，已經好多了。」穆薇略有些欣慰。她漂亮的眼睛一眨不眨地看他：「你似乎猜到我嫁給了誰？」

「當然，我還是你認識的那個夜不語。如果連這都猜不到，那肯定是被人掉了包。」夜不語喝了口紅酒，劣質紅酒的味道澀澀的，和他現在的心情一模一樣。並非是他有多喜歡身旁的女孩，而是在為她的命運感慨。

「對啊，你一直都是你，聰明，睿智。夜不語大人，我很好奇你猜到的，我的丈夫究竟是誰。」穆薇調皮地嘛嘴。

「很顯而易見不是嗎？春城雖然我很久沒回來了，可這裡畢竟是我的老家，什麼消息不知道。拋開這些，只看看我們坐的位置，就清楚妳嫁給誰了。」夜不語和她碰了碰杯：「這間餐廳不錯，老闆我記得是個北方人吧，六十多歲，禿頂，叫做趙發才。同學會的位置雖然偏僻，但卻是最恰到好處的地方。這類地方通常很難預定，何況，餐廳的入座率很高，桌子上也沒有擺預約牌。對吧，老闆娘？」

「你贏了。」穆薇絲毫不覺得驚訝，似乎出現了理所當然的結果：「我確實嫁給了趟發才。所以，你也應該清楚，我現在是寡婦了，對吧？」

「這我還真不知道。」夜不語環繞四周一遍，感慨道：「幾年前我來過這裡一次，裝修得灰暗死氣沉沉，像個垂垂老矣的死老頭，生意也差得要命。妳接手後倒是弄得挺舒服的，充滿了自己的想法和人生經歷。這一年賺翻了吧？」

「還好。」被他肯定，穆薇有些得意。

夜不語玩笑道：「說實話，妳不會謀殺了親夫吧？」

「要死啦，我哪是那種人。你這傢伙的嘴還是不饒人得很。我丈夫本身就癌症末期，我陪他走到最後，他將這間店當做遺產送給了我。」穆薇嘆了口氣：「不說鬱悶的東西了，這些年，你過得還好嗎？」

「挺不錯的，無病無災，身體健康，就是有些考驗心臟強度。」夜不語自嘲道。

「看來你也是個有故事的人。」穆薇撇撇嘴：「不過那副模樣，真的和小學時一樣欠揍。」

他笑了，「妳從前一天到晚像個男人婆一樣，誰知道長大了變漂亮了，還成了白富美。世事變幻無常得真有些出人意料。」

穆薇正準備反駁，剩下的男生們不樂意了。

「小薇，妳盡和夜不語說悄悄話，什麼有趣的事情，也跟我們聊聊。」李華醋味十足地打斷了我們。

「也沒什麼，就話些家常而已。」穆薇和李華喝了一杯後，看向了小學時的好友李燦和趙穎，噗哧一聲笑起來。

兩人被笑得有些莫名其妙，同時問：「小薇，妳笑什麼？」

「沒什麼，想到了一些趣事罷了。」穆薇望著趙穎：「小穎，當初妳在我們班可是班花哦，漂亮活潑，每次校慶都是舞台上的明星。我們二班所有的女生都齊心協力地恨著妳呢。」

趙穎臉微微發紅，捂住清純可人的容顏：「現在變醜了。」

「哪有，還是一樣漂亮。」穆薇搖晃了一下手中的紅酒杯，暗紅色的液體微微蕩漾：「我這個醜小鴨才是真正沒變的。」

「妳都算醜小鴨的話，我乾脆別活了。」趙瑩瑩一邊吃得很暢快，一邊替好友捧場。

「瑩瑩，妳該減肥了，當心嫁不出去。」穆薇摸了摸額頭，替好友的身材擔心。

「說起來，以前李燦還有一件趣事呢。」夜不語也回憶起了許多事，李燦是他小學時的朋友，十年後再遇見，卻發現無話可談了，「某人自小就早熟，從四年級就對某某人一見鍾情。某天，某人問她，喜歡什麼樣的男生。女孩說，喜歡單眼皮，小眼睛的。於是直到小學畢業，只要他跟女孩說話，都會一直瞇著眼。對吧，李燦？」

「夜不語，你這是赤裸裸的誹謗。小穎，我可沒裝小眼睛，我的眼睛一直都很小。」

李燦發窘地朝趙穎看，下意識地瞇著眼。

頓時，桌子旁的所有人都哄堂大笑起來。

「好啦，好啦，知道你眼睛小，不用裝。」趙穎的臉憋得更紅了。

夜不語摸著下巴，怪笑道：「你們不會真的成了一對吧？」

「嗯，下半年就準備結婚了，請帖哪天雙手奉上！」提到這，李燦頓時興奮的點頭。

大家又是一陣唏噓，紛紛恭賀這對還沒讀完大學就準備入婚姻墳墓的準新郎和準新娘。

整個空氣裡都彌漫著溫馨的重聚味道，大家熱鬧地談著從前的趣事。不知過了多久，李燦抽空問：「我們二班的班長徐正怎麼樣了，他沒來？」

「我聯絡不到他。」穆薇輕輕搖頭。

「有人知道他的聯絡方式嗎？那傢伙人很上進，應該混得不錯。」李華也問。

眾人紛紛搖頭，有人道：「似乎聽說他去外地一所很厲害的大學就讀，還有個貌美如花的女友。」

突然，一個沉悶的聲音低啞地響起，刀子似的將這溫暖的氛圍硬生生割斷。

他說：「徐正，已經死了。」

有個哲學家曾經說，時間最公平，給任何人都是二十四小時；時間也最不公平，給任何人都不是二十四小時。

但夜不語覺得，時間是這個偉大的作者，它為每個人寫出的結局都不相同。徐正的死，出乎了所有人的意料之外。就算是看慣了生死離別的他，也不禁嘆了口氣。

一直都沉默寡言的孫輝喝著白酒，徐正的死訊正是從他嘴裡傳出來的。

「他什麼時候死的？」沉默了片刻，李燦問。

「兩個禮拜前，我跟他是鄰居。他死的時候，我還見了最後一面。」孫輝低下頭，似乎有些難過。可夜不語卻發現他的臉上滿是恐懼。奇怪了，為什麼他會害怕？

「徐正是怎麼死的？車禍？」周陽問。

孫輝搖了搖頭：「他死得很慘，你們難以想像。」

「究竟是怎麼回事？」李華好奇道。

「別問了，有興趣就去他家看看。」孫輝乾脆地閉嘴，喝起了悶酒。

夜不語和穆薇對視一眼，深感其中有著內情。不過現在也不是多管閒事的時候，穆薇捋了捋長髮，笑了笑，舉杯道：「別管那麼多了，難得的聚會，這一次過後還不知道又要過多少年才能再聚呢。來，大家盡興！」

眾人也都舉杯，陰霾一掃而光，繼續沒心沒肺地說說笑笑。又過了半個小時，該說的該聊的都差不多了，宴席才逐漸散去。

成功的舉辦完同學會，穆薇將昔日同學送到餐廳門口，等到大部分人都走得差不多了，突然開口道：「周陽、李華、瑩瑩、孫輝、李燦、小穎，還有小夜，你們先別走。」

他們七人詫異地停下腳步，望著她。

女孩笑嘻嘻地招招手，「跟我進去一趟，有些事情，我想跟你們說說。」

夜不語等人躊躇片刻，跟著她穿過酒店大廳，來到了二樓的會議室。這間會議室不算大，但容納八個人還是綽綽有餘。趙瑩瑩摸摸這摸摸那，興奮道：「哇，穆薇，沒想到妳就在這家奢華的五星級自助餐廳上班。職位挺高的吧，居然能隨意用會議室！」

有個秘書模樣的中年女人走進來，將一疊資料輕輕在每人面前放了一份，然後對穆薇鞠躬後退了出去。

眾人又是一陣詫異驚奇。除了夜不語外，其餘人這才意識到女孩的身分有些不普通。周陽嘴巴發乾地問：「這家店是妳的？」

「亡夫的遺產。」穆薇點頭，臉上絲毫看不出表情。

「哇，有錢人。難怪小薇看起來又漂亮又有氣勢了！」李華眼睛裡滿是說不清道不明的綺意，語氣裡充滿對女孩一步登天的羨慕。

「好啦，小薇，妳叫我們進來，有什麼事情嗎？」夜不語皺眉，他感到女孩的行為又怪又異常，自從進了會議室，臉上的公關表情就卸下了一部分，眼角間浮現出淡淡驚慌。難道，真出了什麼大事？

不由得，他的心臟微微一縮，一股不好的預感油然而生。

果然，事實如同夜不語的預感那樣，在朝著陰森難解的方向一路行去。

只見穆薇指了指每個人眼前的資料，輕聲道：「你們先看看那份資料再說想法。」其餘六人還在疑惑不解，夜不語已經翻開了資料的封皮。第一頁赫然就是一張雖然長相變了、成熟了，但仍舊能看出身分的臉。他很快就記起了這個人的名字，王彪，同樣是自己的小學同學，虎頭虎腦的，和他的名字一樣性格粗糙、身材粗大。他們，曾經是很好的朋友。

但這個王彪，在資料的第一行就標明了現在的狀態——死亡！

王彪死於車禍，但是車禍很離奇。不但闖了紅燈，還無視了就近在咫尺的飛馳貨車。所以結局很慘，他被時速八十公里四十噸重的貨車撞得支離破碎，身體從中間斷掉，腦袋被掛在車尾，拖行了幾百公尺遠。

夜不語摸了摸下巴，一個人偶爾沒注意精神恍惚闖了紅燈不意外，怪的是那麼大一輛貨車他居然完全沒看到？他是腦袋有問題，還是驚惶失措了呢？

第二頁同樣是小學同學，周嫦。一個還算漂亮的女孩，她經常說自己最大的夢想是考進紐約大學。因為拋棄了她們母女的父親就在那兒，據說再婚了，也生了孩子。周嫦為的只是去看看父親一眼，問他為什麼這樣做。可惜她的夢想永遠也實現不了了。她也死了，在家中燒炭自殺。死得慘不忍睹，皮膚焦黑，死時眼睛愣愣地看著床的一側，似乎那裡有什麼令她驚恐的東西。最讓人疑惑的是，女孩的床頭擺著紐約大學研究生的錄取合格回函，出發日期就在她死時的三天後。

怪了，她的夢想已經實現了，連機票都買好就要出發了。她為什麼會自殺？沒理由啊。誰會在人生最高點自殺呢！

而第三頁，正是孫輝嘴裡提及過的，徐正。他死得更加離奇，居然在眾目睽睽下，被什麼東西給咬死了。根據法醫鑒定，他身上的齒痕屬於人類女性。很多見過他死狀的人都說是鬧鬼。

小學同學，死掉了三個。看日期，還都在最近一個月左右。這正常嗎？夜不語皺著眉，不斷思索著合理性。一個班級幾十個學生，死了幾個，按比例確實不高。但重點不在這裡，而是時間。王彪、周嫦和徐正，死亡時間都很相近。第一個死掉的是徐正，斃命於大年三十。最近的一個是周嫦，就在開學前夕。

何況，他們都是夜不語曾經很要好的夥伴。

會議室裡彌漫著一股說不清道不明的沉默，過了許久，大家都將資料上的東西消化了。周陽才抬起頭，首先說話：「穆薇，看來妳這次的同窗會，有些目的啊。」

「沒錯，我的目的就是這個。」穆薇用纖長的手指點了點資料：「你們怎麼看？」

「都是意外。這個混蛋世界，死人太正常了。」李華輕輕搖頭，嘆了口氣。

孫輝用沙啞的聲音說：「那是你沒看過徐正死後的模樣。太可怕了，被什麼東西活生生地咬得體無完膚，六十多公斤的人，火化的時候只剩下二十幾公斤。剩下的三四十公斤在哪兒，現在都還是個謎。」

「別說了，怪嚇人的。」趙瑩瑩努力抱著自己肥碩的胳膊，打了個冷顫。

「他們都是朋友，同學，現在死了，真可惜。」李燦稍微擁抱了一下害怕的趙穎，唏噓道。

夜不語突然想起了什麼，開口說：「徐正、王彪和周嫦，以及我們八人，其實不止是同學、朋友關係。還有一些事，你們忘了？」

「還有什麼？」穆薇抬頭問。

「我們十一人，在六年級的時候組成了一個社團。」夜不語輕聲道：「還有誰記得起社團的名字？」

「對啊，那時候我們確實組過社團，很有趣的社團。」周陽和李華同時點頭，然後臉色微微一變：「奇怪了，怎麼想不起社團名字了，不可能啊。」

「你們呢？」夜不語將臉轉向其餘五人。

李燦等人也微微地搖了搖頭。穆薇拉長臉，冥思苦想後，放棄了。她問：「小夜你應該記得？我們這群人中就屬你記性最好，過目不忘。」

夜不語隨之苦笑：「抱歉，我也不記得了。」

是啊，他居然將社團的名字忘得一乾二淨，這簡直是不可能的事。在場所有人都驚訝起來：「怎麼可能，居然連智商超高的小夜都記不得，太可怕了。」

「不光如此。」夜不語感覺一股毛骨悚然的感覺逐漸爬上了皮膚，他的後腦勺涼得厲害：「你們還有誰記得，那個社團的內容？我們曾經在社團裡幹過什麼，做過什麼？這些，我通通不記得了！」

話音剛落，其餘七人同時一愣。小學六年級的社團活動，他們十一人，究竟幹過什麼呢，怎麼會一丁點都想不起來。

失憶症，難道也會傳染嗎？

只不過是隨口一問，沒想到居然真的是每個人都忘記了過往的記憶，而且僅僅只有那段記憶。夜不語習慣性地用手敲著桌面，從腳底冷到了頭頂。

這是怎麼回事？沒理由所有人都忘記了才對。會議室中的八人歸納了忘掉的東西，最後驚訝地發現，經過了十年，小學時的老師同學大多都還有印象，可偏偏關於那個社團的一切，竟然不約而同地忘得一乾二淨。

這簡直是太匪夷所思了！

「看來，我們不知為何，陷入了群體性選擇性失憶中。」夜不語最終下了判斷。

「群體性選擇性失憶。」周陽等人驚訝地問，他們聽說過失憶症，但從不知道失憶也能群體性。只有穆薇低下頭，若有所思。

「群體選擇性失憶是一個人或者一個群體受到外部刺激或者腦部受到碰撞後，遺忘了一些自己不願意記得的事情或者逃避的人事物。

每個人的一生都會發生很多不如意的事情，有一些很快就淡忘了，可是有一些卻總是揮之不去，不論怎樣努力都忘不掉。每天每時每刻都在反覆折磨著自己脆弱的神經，不停地遊走在崩潰的邊緣。恥辱、憤怒、委屈……等等被欺騙的複雜情緒糾葛在一起。忘記，是保護自己最好的方式。選擇性失憶，在心理學上是一個防禦機制。通俗的說，假如人遇到一個強大的刺激，這個刺激讓這人無法接受，那麼，潛意識他就會選擇忘掉這件事情。」夜不語解釋道：「我們現在的狀況，就很像這種症狀。」

「可我從來不覺得小學時有過什麼恥辱、憤怒、委屈每天每時每刻都在反覆折磨著自己脆弱的神經的不好的事情發生過！」趙瑩瑩舉手道。

李燦和趙穎也搖頭，「我們也不覺得自己有。」

「對啊，應該沒有才對。」周陽與李華附和道。

「都說是群體性選擇性失憶了，既然都失了憶，大家當然不會覺得那件事發生過。」穆薇輕輕笑道，但端水的手卻暴露了她緊張的心情。

夜不語微微看了她一眼，點頭道：「沒錯。有些人由於遭受到重大挫折，很希望選擇性失憶，在強大的精神壓力下，會感覺某些事情沒有發生過，甚至會在腦海中編造出另一種情況，假想式地欺騙自己，這其實都是有可能的，本質上都是出於對自我的保護。但是我們患的究竟是不是醫學上的選擇性失憶就不一定了。」

「既然是痛苦的記憶，忘記了也好，忘記了也好。」趙穎輕聲絮叨著。

「但事情恐怕沒有那麼簡單。」夜不語又看向穆薇：「小薇，妳特意借用同學會的名義將我們聚在一起，然後又將這份資料發給我們看。究竟想說什麼？」

「我，我很怕。」揭開了臉面，穆薇的公關式表情頓時崩塌了，她將杯子中的熱水一飲而盡，顫抖地往夜不語身旁靠了靠，「徐正的死是在報紙上偶然看到的，我聯繫了他的家人，想要慰問一下。結果看到了他死後身體殘缺不全的模樣。不知為何就突然很害怕很恐懼，彷彿從前看過同樣的東西。我非常介意。」

穆薇接著講述著，「其後，周婻和王彪也死了。他們的葬禮我也參加了，可是自己卻越來越害怕。總覺得有什麼不好的事情在發生，而很快就會降臨在我們的身上。所以我想法設法的找你們來，想要商量一下。雖然不知道該怎麼解釋，但，我就是很介意。我甚至不知道，下一個死掉的，會不會就是自己。」

女孩抖得厲害，夜不語輕拍她的肩膀，安慰道：「別怕，我們不是都來了嗎？」

「嗯。」穆薇乖巧地點點頭，用小腦袋順勢往我的肩上輕輕一靠，蜻蜓點水似的隨即離開了。她抽了一張紙巾，輕輕擦著眼睛。看來這女孩確實已經被嚇得夠嗆了！

但是在場並沒有人在意，大家都被穆薇的話弄得呆住了，拚命地想著女孩話中合理和不合理的資訊。

會客室又陷入了沉默裡。

終於，孫輝艱難地說：「為什麼就只有妳有這種想法？我也看過徐正的屍體，就只覺得恐怖罷了。」

其餘人精神一振，紛紛點頭：「對啊，小薇，會不會只是妳的錯覺？」

「恐怕，事情確實有些蹊蹺。」夜不語毫不留情地打斷了他們憧憬美好的願望，

「如果我們真的患了選擇性失憶，就會因人而異出現不同的狀況。例如雖然表面上似乎是忘掉這件事情，可它的陰影還是存在。做事的時候會不自覺地受那件事情的影響，可能自己都搞不清楚，慢慢地就會變成一個心結。

失憶經過時間的侵蝕會逐漸恢復，但如果某件事對本人有很大心理影響的話，就可能會選擇性的一直遺忘。或許因為徐正的死亡，勾起了小薇的記憶，撬動了遺忘的部分。所以她才會感到恐慌，感到害怕。甚至，有些絕望。」

夜不語打量著穆薇的表情，她的精神狀況很糟糕，「所以，我猜我們十一人選擇遺忘掉的那段記憶，或許，非常可怕。」

「大家都是小學生而已，怎麼可能會有可怕的經歷。」李華不以為然地搖頭。

周陽也嗤之以鼻：「沒錯沒錯。小學時代大家就忙著追在喜歡的女孩後邊扔石頭，和朋友們玩些無聊得早就遺落在歷史裡的小遊戲。哪裡會遇到什麼可怕的事情！」

李燦、趙穎以及孫輝等深以為然。

夜不語撇撇嘴，「要知道，不少人曾有過一些自己不願意記起的經歷，或者是經歷重大挫折，或者是經歷感情變故等，因此希望透過選擇性失憶來忘掉這些經歷。從心理學的角度來講，這個任務是不可能完成的。首先，選擇性失憶雖然是有選擇性的，但實際上是被動的。這裡所說的選擇性是指我們可以忘記一件事情卻不影響對其他事情的記憶，並不是指我們可以主動選擇遺忘的內容，因此具體是忘記哪件事情，則不是你我能夠決定的。所以，大家終究還是會記起來。只不過穆薇，比我們都提前一步罷了。」

他看著穆薇的眼睛，一字一句地問：「小薇，妳究竟想起了什麼？」

穆薇的臉上浮現出迷茫：「我，我不知道！」

「妳內心深處肯定已經清楚了，只是意志拚命地壓抑著那段過去而已。妳現在很痛苦吧？」夜不語伸手摸了摸她的腦袋。

女孩微微點頭，「痛苦得比死還難受，就像有一大塊肥肉哽在喉嚨口上，吞不下去也吐不出來。心裡沉甸甸的，壓著一塊石頭，陰鬱得很。」

「妳覺得自己忘掉的事情，真的是和小學六年級組的社團，和我們十一個人有關？」夜不語繼續問，他的腦袋裡時常也會出現同樣的感覺。選擇性的失憶，是個定時炸彈，總有一天會在大腦裡爆炸。誰也無法揣測記起來的後果。但是他隱約有個預感，或許他們十一個人，曾經在小學六年級，幹過一件天大的可怕事情。

「沒錯，看到徐正屍體上滿身的咬痕。我當時莫名其妙第一個念頭就是，報應來了，我們有危險了！」穆薇再次點頭，她全身都在發抖。

這番話令在場所有人都毛骨悚然。報應？什麼報應？一群小學生而已，究竟做過什麼事，竟然會遭到報應？

而報應的後果，居然是死掉！

4

夜不語沉默了，他的腦袋很亂。過了好幾分鐘，他才說：「小薇。其實妳的意思是，有一個幕後黑手潛伏在未知中，朝我們下毒手？當初社團裡的十一人，都會因為那段選擇性遺忘掉的經歷，被殺掉？」

其餘七人頓時全身一震。

「怎麼，怎麼可能！我，我才不信。怎麼可能有這種荒唐事！」周陽用顫抖乾澀的語氣反駁，可是他的反駁蒼白無力，最終只能發出乾癟的聲音來。

孫輝手中的杯子都被嚇得掉在了地上，液體滲到褲子，濕了一大片。他立刻從椅子上站起來，抽出紙巾擦拭。

「去洗手間吧，那裡有吹風機。」穆薇指了指門：「洗手間就在出門右轉，走到底。」

沉默寡言的孫輝點點頭，準備往外走。周陽立刻追了上來：「我陪你去。」

他們出門，消失在眾人的視線中。夜不語和剩下的五人各自發呆，消化著今晚怎麼都消化不完的資訊量。

周陽兩人找到洗手間，等孫輝用烘手機把褲子吹乾後，剛準備回會議室。突然，周陽問：「孫輝，你相信穆薇的鬼話和夜不語的猜測嗎？」

孫輝想了想，然後點頭：「我信。現在回想徐正的死因，更加相信了。」

「我不太信，說不定他們倆串通起來唬我們，是為了某些不可告人的目的。」周陽冷哼了一聲：「要知道，他們兩個從小就夫唱婦隨，很有默契。」

「你想太多了。」孫輝搖頭：「他們沒這麼做的必要。」

「你知道什麼，現在人做什麼事情沒有目的，只是他們的目的我們不清楚罷了。」周陽仍舊陷在自己的陰謀論裡。

孫輝覺得他有些不可理喻，難以跟他單獨待下去，於是快步來到洗手間門口，伸手拉開房門。頓時，他整個人如同電擊似的呆住，好半天後，他才遲疑地揉了揉眼睛，將伸出去一半的腳又收了回來。

然後，從喉嚨裡爆發出的慘叫聲響徹了整個洗手間。

孫輝驚恐地吶喊，又大又響，嚇了周陽一大跳。

「喂，你鬼叫什麼？害得我差點大小便失禁！」周陽不滿道。

孫輝瞪目結舌地石化在原地，好半晌後才顫抖地伸出手，指了指外邊：「走廊，走廊不見了。」

「你說什麼？走廊不見了？」周陽皺眉，起身後來到他身旁，探頭看了一眼，立刻也被傳染了呆滯症。隔了幾十秒，這傢伙張大嘴巴，將洗手間的門牢牢關上。然後退後幾步，深深地呼吸著。

開門，可是視線可及的範圍中，卻依然是那個詭異到難以形容的景象。門外剛剛還走過的鋪有紅地毯的走廊不見了，只有一個偌大的房間。大約三十多平方公尺，有床有沙發，放眼望去都很破舊。那地方熟悉又陌生，令人不寒而悚。

房間地上扔滿了零食袋子，亂七八糟的垃圾丟了一地。而旁邊，還堆積著老舊的木質課桌椅，沉澱著久遠的塵土味道。

「這地方，這地方好眼熟！」周陽用手扶著門牆，使勁兒搖了搖頭，希望門外的風景只是錯覺。可，無論他怎麼搖頭，都毫無用處。那房間，那黑漆漆的地板，仍舊印在眸子裡，揮之不去。

「這是我們的社團活動室。」孫輝聲音不斷在抖：「你看牆上的畫，還有那對課桌椅。你看黑板。」

周陽抬頭，看到黑板上赫然寫著一行字，記憶深處，他清晰地記得，那行熟悉的字是穆薇寫的，代表著社團的名字。奇怪了，字跡明明仍舊清晰，但他偏偏無論如何都看不清楚寫了什麼。

但這怎麼可能，簡直不科學嘛。他的腦袋更混亂，完全不知道該怎麼思考當下的恐怖狀況。他們怎麼明明在一家五星級餐廳的廁所裡，但推開門，卻看到了十年前，小學時自己的社團活動室。

該死，這到底是怎麼搞的？

孫輝和周陽互相大眼瞪小眼，不知所措了很久。他們現在究竟在什麼地方？

周陽疑惑的回頭看了一眼，熟悉的廁所格局映入眼簾。一排排木質的隔間，乾淨整潔的地面，大理石的洗手台一應俱全。明亮的燈光彷彿是一種嘲諷，無聲地奚落著他們。而門外那個莫名其妙出現的昔日活動室，沒有一個人。

只是流淌著一股冷意，冰冷的氣息從一個空間傳遞進別一個空間，讓人無法喘息。

這究竟是怎麼回事？走廊去了哪？周陽感覺自己快要瘋掉了。

孫輝伸手往外摸了摸，畏縮道：「外邊會不會是鏡子，或者是螢幕什麼的。所以我們看走了眼？」

「這不是鏡子和顯示器，哪有那麼清楚的大面積顯示器？」周陽緩緩搖著頭，他早就發現了異常的地方，一股刺骨的冰冷從腳底爬上了背脊：「你仔細看，如果是鏡子或者顯示螢幕的話，怎樣都該有倒影！可屋外，卻什麼都沒有，真實得很！」

「我知道了，肯定是那性格有些腹黑的穆薇搞的鬼。」周陽眼珠一轉，大聲吼道：「穆薇，我知道是妳搞的鬼。妳贏了，我承認小學時我經常欺負妳。我錯了，我道歉，妳放我出去吧！」

「周陽，穆薇不會這麼做。」孫輝嘆了口氣。

「怎麼不會，這家餐廳是她的，她怎麼搞都沒問題！」周陽怒罵道，他的聲音傳入門外的空間，引得封閉的陳舊活動室裡蕩漾出層層聲波。

「唉，算了，走進去看看不就知道怎麼回事了！」實在沒辦法，孫輝提起膽子，一腳邁出房門，走入了門外的世界。周陽臉部肌肉一抽，這傢伙也真夠大膽，鬼才知道現在處於什麼狀況，可那個豬腦袋居然想都不想就華麗變身為了行動派，胡鬧也該有個限度吧。

沒有驚天動地的事情發生，孫輝居然一點事情都沒有的走進了那個空間。他從喉嚨裡發出「嘖嘖」的聲音，抱著胳膊：「好冷！」

周陽試探著往裡走了一步，沒感覺到不適，大著膽子也走出了門外，來到了這個和十年前的社團活動室一模一樣的地方。他到處打量，撿起地上的垃圾看了看，然後默不作聲的不知在想什麼。

孫輝撿起了個零食袋，打量了一番，隨即驚奇道：「這些零食，真的是十年前的。這個生產跳跳糖的廠家早在八年前破產了，市面上根本買不到！」

「給我想辦法，看怎麼回去。」周陽沒好氣地瞪了他一眼，然後在房間裡走來走去，突然「咦」的一聲，似乎感覺哪裡有些不太對勁兒。

「怎麼了？」孫輝抬頭問。

「我們是從門進入這個房間的，對吧？」周陽摸了摸腦袋，伸手指著對面：「可為什麼那裡也有一道門？」

他手指的方向，赫然有一道活動室的木門。門很老，呈現灰暗的猩紅，一切的一切都刺激著他們的記憶。最令周陽無法理解，如果自己兩人是從門進來的，那麼那道門又是怎麼回事？

孫輝看了門幾眼：「我覺得，我們通過的門，是從門對面的牆壁上打開的。一邊聯繫著這個地方，一邊聯繫著穆薇餐廳的廁所。」

「等等，我完全糊塗了。」周陽捂著自己的腦袋，轉不過彎來，他覺得這是一個物理學上的駁論：「你是說我們是從沒有門的地方進門的？可這裡明明有門嘛！」

他說完就走上前，準備演示門的閉合功能。

可還沒等手接觸到門，門已經自動關閉了。在兩人都搞不清楚怎麼回事的狀況中，合攏，然後變成了滿是污垢的牆壁。

孫輝撲上去使勁兒地捶著牆，牆體只發出扎實的沉悶的回聲，門不見的地方，只剩下實心的牆，淒然映入眼簾。

「這，這怎麼回事？」周陽完全傻眼了。

「你在搞什麼！」孫輝恨不得給這個傢伙一拳頭。

「我根本就沒碰到門，真的！」周陽也極為恐慌。

現在他們，根本已經回不去了。

「算了，冷靜，冷靜，我們先仔細檢查一下這個房間究竟是什麼地方。」孫輝深呼吸，強壓著狂跳不已的心臟。

周陽點頭，他有些手足無措。仔細地將整個老舊的活動室都檢查了一遍，這傢伙滿臉驚訝：「這裡居然跟記憶裡的活動室根本就一模一樣，你看，我當初藏起來的所有的小東西都在。我們，是不是在作夢？」

「我試試。」孫輝使勁兒地咬自己的手指，立刻痛得擠眉弄眼，垂頭喪氣地說：「很遺憾，不是夢。」

「把門打開看看，說不定能出去。」周陽眼睛一眨不眨地看著活動室的門，灰暗的燈光充斥在房間的每個角落，將一切都染上了一層血紅。他沒有一絲一毫的安全感。他現在只想回家。

「也對。」孫輝慌忙跑到門前，緩緩將門拉開。木門隨著一聲難聽的響聲，敞開，露出了門外的景象。

周陽和孫輝立刻探頭朝外望去，頓時，兩人同時嚇呆了！

他們究竟看到了什麼？

The End

作者　夜不語
封面繪圖　Kanariya
總編輯　莊宜勳
主編　鍾靈
美術設計　三石設計

出版者　春天出版國際文化有限公司
地址　台北市信義區信義路四段458號3樓
電話　02-7718-0898
傳真　02-7718-2388
E-mail　story@bookspring.com.tw
網址　http://www.bookspring.com.tw
部落格　http://blog.pixnet.net/bookspring
郵政帳號　19705538
戶名　春天出版國際文化有限公司
法律顧問　蕭顯忠律師事務所
出版日期　二〇一七年十月初版
定價　170元

總經銷　楨德圖書事業有限公司
地址　新北市新店區寶興路45巷6弄6號5樓
電話　02-8919-3186
傳真　02-8914-5524

夜不語作品 20

夜不語詭秘檔案108：茶聖（上）

國家圖書館出版品預行編目資料

夜不語詭秘檔案108：茶聖（上）／夜不語 著.
一 初版. 一 臺北市：春天出版國際，2017.10
面；　公分. 一（夜不語作品；20）
ISBN 978-986-95429-8-2（平裝）
857.7　106017372

ISBN 978-986-95429-8-2
Printed in Taiwan

夜不語
詭秘檔案

夜不語
詭秘檔案

夜不語
詭秘檔案

夜不語
詭秘檔案